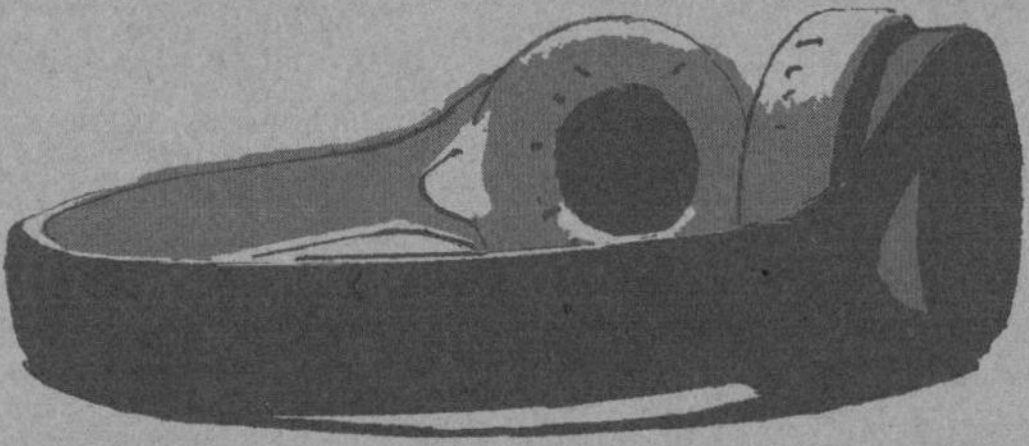

ヤングタイマーズのお悩《なや》み相談室

石川宏千花

くもん出版

ヤングタイマーズのお悩み相談室

目次

ラジオネーム かさぶた 中学一年生 5

ラジオネーム 贅《ぜい》沢《たく》保《ほ》湿《しつ》 中学二年生 42

ラジオネーム あなたの嘘《うそ》 中学一年生 64

ラジオネーム　黒りんご　中学二年生　95
ラジオネーム　ざわめき　中学三年生　125
ラジオネーム　ぬりかべ　中学一年生　151

ラジオネーム　かさぶた　中学一年生

俳優《はいゆう》の皆吉黛生《みなよしたいせい》を好きだというと、かならずといっていいほどいわれることがある。

「しぶい趣味《しゅみ》だね」

逆《ぎゃく》にわたしは問いたい。

どうして皆吉黛生をかわいいと思わないんですか？　なぜなんですか？　と。

彼《かれ》との出会いは、小学四年生のときに観《み》た映画《えいが》、『ほらふき先生』だった。タイトルに〈先生〉がついているなら、小学生が観てもおもしろい映画なんだろう、という安易《あんい》な理由で彼と出会わせてくれた父には、本当に感謝《かんしゃ》している。

この『ほらふき先生』という映画、サイコパスな教師《きょうし》と生徒たちが校内で大バトルをくりひろげるという内容《ないよう》で、ちょっとした問題作だった。父は帰宅後《きたくご》、なんでそんな映画観せたのよ！　と母にしかられたらしい。

そのサイコパスな先生を演《えん》じていたのが、皆吉黛生《みなよしたいせい》だ。

ネタバレをしてしまうと、サイコパスだったのはじつは先生ではない。生徒たちのリーダー的存在《そんざい》だった男子生徒こそが、すべての元凶《げんきょう》だったのだ。皆吉黛生演じる先生は、彼《かれ》を追いつめないよう自らが事件《じけん》を引きおこしているふりをしながら、ほかの生徒たちを守っていたヒーローだった――というどんでん返しが最後にまっている。

もともと調子がよくて、適当《てきとう》な作り話が上手だったことから、とっさにサイコパスのふりをした先生。ラストを知ってから前半をふりかえると、先生の言動のすべてが伏線《ふくせん》になっていたことがわかる。どう考えても演じるのがむずかしい役だ。

そんな難役《なんやく》を、皆吉黛生はひょうひょうと演じていた。しかも、セリフのちょっとした間《ま》や、生徒をなごませるための変顔《へんがお》とかが、めちゃくちゃにおもしろかったのだ。たしかに彼は、イケメン俳優《はいゆう》ではない。俳優なのにトークがおもしろい、とか、変人役をやらせたら天下一品、とか、そんな感じで評価《ひょうか》されている。かっこいいとは、わたしも思っていない。彼は、おもしろいのだ。そして、演技《えんぎ》がうまい。

彼に夢中《むちゅう》になった当時のわたしは、皆吉黛生のことを調べまくった。

・カルト的な人気のある劇団《げきだん》の所属《しょぞく》。

・千葉県出身。
・身長一六九センチ、体重60キロ。小柄《こがら》なのに、足のサイズは27センチと大きめ。
・目は一重《ひとえ》。
・悩《なや》みは髪《かみ》の量が多いこと。
・独身《どくしん》。友だちが少ない。
・市川崑監督《いちかわこんかんとく》の金田一耕助《きんだいちこうすけ》シリーズが大好き。イギリス人俳優《はいゆう》、サイモン・ペッグのファン。
・ちょっとむかしの国産車が好き。現在《げんざい》の愛車はホンダのエレメント。

ざっとまとめると、こんな感じだ。

わたしが最初に情報収集《じょうほうしゅうしゅう》をしたとき、黛生《たいせい》さんは三十五歳《さい》だった。わたしはいま中学一年生なので、そのぶんの歳《とし》を足して、三十八歳になっている。

最新のインタビュー記事で、役のためにダイエットをしてもやせにくくなった、といっていた。見た目は変わっていないけれど、見えないところにお肉がついたりしているのかもしれない。

前髪がもっさりと厚《あつ》めなのは、いまも変わっていない。役のために坊主頭《ぼうずあたま》になったりする時期もあるけれど、撮影《さつえい》が終わるとかならず、同じ髪型《かみがた》にもどっている。そんなところも、わたしにはかわいく思えてしょうがない。

おじさんじゃん、と母はいう。なんでもっとかわいい子を好きにならないの？　と。

ちなみに母は、大のアイドル好きだ。若《わか》いころから一貫《いっかん》して、キラキラしたアイドルしか好きになったことがないらしい。

母は、わかっていない。

わたしだっておじさんは好きじゃない。たまたまおじさんと呼《よ》ばれる年齢《ねんれい》の黛生《たいせい》さんが好きなだけで、どんなに見た目がよくても、ほかのおじさんはただのおじさんだ。

黛生さんだけを、わたしはかわいいと思っているし、夢中《むちゅう》になれているのだ。

そんなわたしに、これは神からのごほうびですか？　としか思えないニュースが飛びこんできた。

所属事務所《しょぞくじむしょ》の公式サイトでそのお知らせを目にした瞬間《しゅんかん》。へんな声が出た。ひいやああ、みたいな。

黛生さんがパーソナリティーをつとめるラジオ番組が、来月からスタートすることになったのだ。

わたしは切望していた。黛生さんのラジオ番組を。だって、息《いき》づかい込《こ》みの肉声がたっぷり聞けるうえに、撮影秘話《さつえいひわ》とか、プライベートな話まで聞けてしまうかもしれないのだ。母がたまに聴《き》いているアイドルのラジオ番組が、わたしはうらやましくてしょうがなかった。

とうとう黛生《たいせい》さんが自分のラジオ番組をもつことになったと知って、平静でいられるわけもない。わたしはさっそく、両親に宣言《せんげん》した。

これから毎週土曜日、午後五時からの五十四分間は、自分の部屋から出ません。外出もしませんし、おやつの誘《さそ》いにも乗りません。その五十四分間だけは、そっとしておいてください――。

父は、土曜日のドライブに娘《むすめ》がつきあってくれなくなるなんて、と絶望《ぜつぼう》したようだ。いっぽう母は、じつはラジコっていうのがあってね、といたって冷静に、いつでも聴ける便利なアプリがあることを教えてくれた。母がいつもパソコンを開いて聴いていたのは、ラジコだったらしい。

いつでも聴けるのはたしかに便利だ。生放送ではないのだから、聴くのはいつでもいいのかもしれない。

それでもわたしは、リアルタイムで聴くことにこだわった。スマホやパソコンじゃなく、ラジオで聴くことにも。懐中《かいちゅう》電灯つきのラジオなら、防災《ぼうさい》グッズのバッグに入っているのを知っている。父には、日曜日をまるまる捧《ささ》げればいい。

問題は、念願の黛生《たいせい》さんのラジオ番組が、彼《かれ》ひとりのものではなかったことだ。事務所《じむしょ》からのお知らせによると、番組名は『放課後の放課後』。パーソナリティーは黛生さんのほかにもうひとりいて、ミュージシャンの八十色類《やそいろるい》という人が相棒《あいぼう》になるらしい。

当然のように、わたしは八十色類のことを調べまくろうとしたのだけれど、マイナーな人らしく、情報《じょうほう》が極端《きょくたん》に少なかった。本人も事務所もSNSをやっていないし、ファンクラブもない。公式ブログの更新《こうしん》もめったにない。たよりはファンの人たちのSNSやブログだけだった。

そんな中から、どうにか寄《よ》せあつめた結果がこれだ。


•もともとは《ザ・ガード》というガレージロックバンドのボーカル。解散後《かいさんご》、ソロアーティストとしての活動をスタートさせた。

•現在《げんざい》、二十九歳《さい》。独身《どくしん》。友だちは三人だけ（そのうちふたりは元バンドメンバー）。

•身長は一七八センチほどと思われる。極端に小食。やせている。

•叔父《おじ》の影響《えいきょう》で、RCサクセションのファンに。忌野清志郎《いまわのきよしろう》に憧《あこが》れて、《ザ・ガード》

時代にはメイクをしてライブをしていた時期もある。
・教員免許《めんきょ》をもっている。
・ドライブが趣味《しゅみ》。

バンド時代のものと、ソロになってからのもの、それぞれのMVをいくつか観《み》てみた。

本当に同一人物なの？　とおどろきつつ、どちらかといえば、ソロになる前の八十《やそ》色類《いろるい》のほうがわたしは好きだった。

ソロになってからの八十色類は、なんかちょっとさみしそうというか、歌っている曲がそうだからなのか、やけにはかなげなのだ。

バンド時代も、元気がありそうかなさそうかでいえば、圧倒的《あっとうてき》になさそうなのだけど、楽しそうではあった。本当はずっと、《ザ・ガード》をやっていたかったのかもしれない。解散《かいさん》理由は、なにを読んでもはっきりとは書かれていなかった。

さて、筋金入《すじがねい》りの皆吉《みなよし》ファンとしては、新しくはじまるこのラジオ番組で、「お、皆吉黛生《たいせい》、やっぱりいいね。俳優《はいゆう》なのに、おもしろい！」と思ってもらいたい。とくに、ラジオ局のえらい人たちに。そうすれば、さらに別のラジオ番組をやらせてもらえるようになるかもしれない。

そのためには、八十色類《やそいろるい》よりも、皆吉黛生《みなよしたいせい》のファンのほうが熱烈《ねつれつ》だ、という印象《いんしょう》もあたえておくべきだろう。

情報解禁《じょうほうかいきん》とともに、ラジオ局のホームページに作られた番組のコーナーを、すみからすみまでわたしは読みこんだ。

番組名が学校をイメージさせる『放課後の放課後』なのは、番組のスポンサーが、中学高校受験に主軸《しゅじく》をおいている進学塾《しんがくじゅく》だからだそうだ。内容紹介《ないようしょうかい》の見出しのところには、こう書いてあった。

〈いまを生きる十四歳《さい》、これから十四歳を生きるきみ、かつて十四歳だったあなたへ〉

おもに中学生と、中学生が家族にいる人たちにむけたトーク番組になるのだという。お悩《なや》み相談コーナーも予定されているとかで、さっそくメッセージ募集《ぼしゅう》のバナーが作られていた。応募資格《おうぼしかく》はシンプルに、【中学一年生から三年生までの人】だ。

それを知ったわたしが、お寺と神社のちがいもわからないまま、神よ！　とふたたび感謝《かんしゃ》をささげたのはいうまでもない。

わたしが中学生のあいだにこの番組をあたえてくださって、本当に、本当にありがとうございます！

そんなわけで、わたしはいま、大変にいそがしい。磨《みが》きに磨きをかけた、珠玉《しゅぎょく》のお悩《なや》み相談を用意しなければならないからだ。

自分の中で、「これだ！　これならかならず採用《さいよう》してもらえる！」と自画自賛《じがじさん》できる悩みごとを見つけだして、さらには、おもしろおかしく文章化する必要もある。おもしろくないメッセージやハガキは、採用してもらえない。ラジオは聴《き》いていなくても、そのくらいの知識《ちしき》ならある。

わたしは日夜、自分とむきあった。自分という人間は、いったいなにに悩んでいるのか。その悩みによって、どのくらい苦しんでいるのか。はたして人に相談することで、解決《かいけつ》できるような悩みなのか……。

考えぬいた結果、わたしは、おそろしい事実に気づくこととなる。

「えっ、ちょっとまって。ってことは、しなかんの悩みって悩みがないってこと？　そういうことだよね？」

小学校のころからつきあいがあり、いまはクラスも部活も同じ田崎留憂《たさきるう》が、もともと大きな目を、さらに大きく見開いている。

ルウは、ルウって名前がぴったりな顔をしている。ちょっと外国人風でもあり、ちょっと男の子っぽくもある、いろんな意味でボーダーレスな顔立ちなのだ。だから、わたしの頭の中では留憂《るう》はルウだ。漢字の留憂じゃない。

「自分でもびっくりだよ。まさか悩《なや》みがなかったとはって」

「うん、まあ、なさそうだなとは思ってたけど、まさか本当になかったとは……」

びっくりした、びっくりした、といいあいながら、わたしたちは、渡《わた》り廊下《ろうか》をわたっていく。体育館に移動《いどう》している最中だった。

しなかん、という呼《よ》び名《な》は、いわゆる短縮《たんしゅく》系《けい》のあだ名だ。品川果淋《しながわかりん》の『がわ』と『り』を取って、しなかん。ストレートに果淋と呼ぶ子のほうが圧倒的《あっとうてき》に多いけれど、ルウはむかしから、しなかん派《は》だ。ルウの影響《えいきょう》なのか、部活内ではしなかん呼びが優《ゆう》勢《せい》かもしれない。

「もうちょっと背《せ》が高ければなあ、とか、頭がよければなあ、とか、そういうのもないわけ？　しなかんには」

「えー？　思ったことあるかなあ。ない気がする」

「うっわ、まじでうらやましい」

「ルウはあんの？　もうちょっとやせてたらなあ、とか、鼻が高ければなあ、とか」

「ない。身体的な悩《なや》みは、ほぼないね」

「でしょうね。ルウだもんね」

ルウは、完璧《かんぺき》な顔と完璧な体をもつ、奇跡《きせき》の中一女子なのだ。ただし、性格《せいかく》に難《なん》ありなので、男子からの人気はない。表面的には。

女子も、同じ感じ。味方と敵《てき》の数がほぼ同数、みたいな。

ルウの陰口《かげぐち》をいっている子たちは、たいていルウがうらやましいだけだ。そんな子たちにルウを傷《きず》つけることなんて、できるわけがない。なので、問題はない。

「ないっていっても、身体的な悩みだけだよ？」

「えっ、悩み自体はあるってこと？」

「あるよーそりゃ」

わたしは興奮《こうふん》のあまり、壁際《かべぎわ》にルウを追いこんだ。

「どんな悩み？　教えて教えて！」

「教えなーい」

お、し、え、て、といいながら、ルウのおでこに自分のおでこを、ぎゅぎゅうっと押《お》しつける。

「いった、いたたたた！　ちょっと、しなかん！　おでこわれるから！」

「教えないと、ホントにわるし！」

わたしのすぐうしろを、同じく体育館に移動中《いどうちゅう》の女子たちが、「やめてやれよ、かりーん」「なにやってんだよおまえはー」「留憂《るう》が痛《いた》がってんだろ」などと声をかけながら通りすぎていく。

しかたなく、おでこをはなした。「あとでまたきくからね？」とおどしをかけながら。


うちの学校のボランティア部に所属《しょぞく》している人たちは、三パターンにわかれている。

パターンその1は、放課後や休みの日にみんなで駅前に出かけていって、ゴミ拾いとかデモ行進とかするのが楽しそうだと思ったから、な人たち。

パターン2。純粋《じゅんすい》にボランティアに興味《きょうみ》があって、人の役に立つ職業《しょくぎょう》に就《つ》くことが将来《しょうらい》の夢《ゆめ》、な人たち。

そして、パターン3。入りたい部がなくて、友だちが入るといったからいっしょに入っただけ、な人たち。

三年生には、圧倒的《あっとうてき》にパターン3の人が多い。そういう人たちは、パターン1の人たちと同じく、放課後のゴミ拾いは皆勤《かいきん》なのに、『楽しく覚えるSDGs講習会《こうしゅうかい》』とか『いますぐできる温暖化対策《おんだんかたいさく》を考えよう会議』には、おもしろいくらい欠席する。

そんなわけできょうの、『服の廃棄量《はいきりょう》を減《へ》らすアイディア会議』にも、三年生の出席者は数が少ない。

ちなみにわたしも、典型的《てんけいてき》なパターン3。ルウに誘《さそ》われて入った。ルウは、パターン2なのかな、たぶん。正義感《せいぎかん》強いし。ちゃんと聞いたことはないけど。

「えー、では」

二年の阿部祥子先輩《あべしょうこせんぱい》が、みんなの顔を見回しながら会議をスタートさせる。

「部長の石田《いしだ》先輩はきょうもお休みですので、わたしが代行で司会をつとめます」

滑舌《かつぜつ》はいいのに、しっとりと落ちついた話し方だ。声にも、女の人の雰囲気《ふんいき》がもうある。わたしたち一年生がおとなっぽくしゃべろうとしても、なかなかああはならない。

三年生の引退《いんたい》は六月末のはずなのだけど、五月に入ってからは、ほとんどの三年生がもう顔を出さなくなっていた。実質《じっしつ》、二年生が中心になって部を動かしている。

「各自、考えてきてくれていると思いますが、えーと、だれから発表する？　おーちゃん、いく？」

おーちゃんというのは、阿部先輩《あべせんぱい》と同じく二年の大下慶路先輩《おおしたけいじ》のことだ。わたしたちも、おーちゃん先輩と呼《よ》んでいる。

いまではほとんど部長みたいな立場になっていて、会議の司会進行は阿部《あべ》先輩、活動内容《ないよう》の大枠《おおわく》を決めるのはおーちゃん先輩、という役割分担《やくわりぶんたん》も、すっかり定着しつつある。

「じゃあ、ぼくからいきます。えーと、みんなは自分の着る服って、どうやって手に入れてますか？　ぼくは基本《きほん》、親か祖父母《そふぼ》に買ってもらっています。いっしょに買いにいくことがほとんどだけど、祖父母が勝手に買って送ってくることもあって――」

おーちゃん先輩の考えた、自分たちにもできる服の廃棄量《はいきりょう》を減《へ》らすアイディアを聞きながら、わたしはやっぱり、自分の悩《なや》みってなんだろうって考えている。

なんかあるはずだよ、ないはずないって。中学生は悩み多き年ごろ――ってテレビでも本でもよくいっている――なんだから、と自分で自分に発破《はっぱ》をかけてみても、出てこないものは出てこない。

「しなかーん、おーい、起きてるかー？」

阿部先輩のよく通る声に名前を呼ばれて、はっと顔をあげる。

「はいっ、起きてます！」

なる。

「じゃあ、しなかんの意見、どうぞ」

目力《めぢから》の強い阿部先輩《あべせんぱい》と、ばっちり目があった。魅入《みい》られたように、目がそらせなくなる。

うわさによると阿部先輩は、おーちゃん先輩を二度、ふっているらしい。

阿部先輩には威厳《いげん》がある。存在感《そんざいかん》もある。眉上《まゆうえ》でぱつっと前髪《まえがみ》を切ったショートボブも、すごくおしゃれだ。でも、モテそうではない。

いっぽうのおーちゃん先輩は、ちょっと地味目ではあるものの、顔が似《に》ている人としてアイドルの名前があがったりする。面倒見《めんどうみ》がいいから、わたしたち一年生にも人気があるし、意外に彼女《かのじょ》はいるのかも、という雰囲気《ふんいき》のある先輩のひとりだ。

だから、おーちゃん先輩が阿部先輩に二度も告白《こくはく》してふられているらしい、という話が広まったとき、みんなけっこうストレートに、なんでおーちゃん先輩が阿部先輩に？　逆《ぎゃく》じゃなく？　みたいなことをいっていた。

そんなことをふわふわと思いだしていたら、

「おーい、しなかーん？」

「あっ、はいっ」

今度こそわたしは、手もとに用意しておいたノートに目を落とした。

『服の廃棄量《はいきりょう》を減《へ》らすために、中学生でもできることとして、自ら率先《そっせん》してリサイクルショップに親をつれていく、というのがあると思います』という斬新《ざんしん》でもなんでもない考えをまとめた、短いレポートを読みはじめる。

「親世代には、おしゃれな古着になら親しんできたけれど、いわゆるリサイクルショップで買いものをするのはおしゃれじゃないって敬遠《けいえん》している人もいまだにいるように思います。うちの父親はとくに、そんな感じです。いっぽう、おしゃれにこだわりがある人でも、インナーはファストファッションでいい、と考えていたりするようです。そこでわたしは、ポイントになるのは、『どういう買い方がいまはおしゃれなのか』を考え――」

自分で書いたのに、くせが強すぎて読めない文字が出てきた。これは……『し』？いや、『て』か！

「……すみません、えーと、考えてもらうことだと考えました。ファストファッションは大量の廃棄《はいき》を生むと知っていても、安くて質《しつ》がいいなら買う、という人がいまはいるわけですよね。それは、安くて質がいいものをうまくとりいれるのはかえっておしゃれだ、というイメージを、いまだに引きずっているからだと思うんです。

その買い方はかっこわるい時代になったんだ、ということがより広く認識《にんしき》されれば、じゃあ、やめとくかってなる人は、けっこういるんじゃないでしょうか。なので、服を買ってもらうときには、率先《そっせん》して親をリサイクルショップにつれていく。こういうショッピングのほうがいまはおしゃれなんだって思える人をひとりでもふやす。できればSNSで発信もしてもらう。それなら、いまのわたしたちにもできることだと思います」

はい、とルゥが手をあげる。

「作家さんに印税《いんぜい》が入らない形での書籍《しょせき》の流通について話しあったときにも問題になりましたけど、あまりにもリサイクルショップにばかり比重《ひじゅう》がいくようになると、新しい服を作る仕事に関わっている人たちの就業《しゅうぎょう》に影響《えいきょう》が出てしまいますよね」

そういう意見が出ることは、想定ずみだった。はい、とわたしも手をあげる。

「リサイクルショップに誘導《ゆうどう》することで減《へ》らしたいのは、あくまでもファストファッションへの依存《いぞん》です。明確《めいかく》なポリシーとコンセプトをもって運営《うんえい》されているアパレルブランドには、固定ファンがいますよね。そういった人たちがいるかぎり、新しい服を作る仕事はなくならないと思います。そういうブランドなら生きのこれる、という流れができれば、廃棄《はいき》ありきでの量産に意味がなくなって、業界全体が変わっていけるんじゃないでしょうか」

ルウが、む、としたようにわたしをにらみつけている。出たな、負《ま》けず嫌《ぎら》い。

「人気があるブランドの服はリサイクルショップにも置かれていますし、フリマアプリなら、さらに種類も量も豊富《ほうふ》に出品されていると思います。リサイクル一強になってしまうと、より便利で自分好みのものがさがしやすいフリマアプリでばかり服を買うようになってしまいませんか？」

「人気があるブランドの服は、出品される数もそんなに多くないだろうし、競争率《きょうそうりつ》も高いですよね。本当に好きな人たちは、確実《かくじつ》に手に入れたいと思うだろうから――」

「それって希望的観測《きぼうてきかんそく》じゃありませんか？　リサイクルショップやフリマアプリで服を買うことが、最先端《さいせんたん》のおしゃれな買い方だという風潮《ふうちょう》になれば、特定のブランドの固定ファンの人たちも、リサイクルでしか服を買わなくなるかもしれません」

ルウの反論《はんろん》に、どう答えようかと考えていたら、おーちゃん先輩《せんぱい》から手があがった。

「思うんだけど、好きって気持ちに勝るものは、なかなかないんじゃないかな。安くて作りもいいからこれ買おうってファストファッションを選ぶ気持ちと、とにかくこれが好きって思って特定のブランドの服を選ぶ気持ちは、しなかんのいうとおり、別ものな気がする。応援《おうえん》のつもりで定価《ていか》で買う、実店舗《じってんぽ》で買うっていう心理もあるわけだし。だから、希望的観測ではあるんだろうけど、そこはそんなに心配しなくてもいいんじゃないかなってぼくも思う」

阿部先輩《あべせんぱい》が、「うん」とうなずきながら、右手を軽くあげる。

「わたしも、その意見には賛成《さんせい》。希望的観測《きぼうてきかんそく》をこわがってたら、踏《ふ》みだせない場面ってあると思う。そこは思いきって信じて、踏みだしていいところなんじゃないかな。もちろん、留憂《るう》のいったとおり、風潮《ふうちょう》って簡単《かんたん》に世の中の空気を変えてしまうから、楽観視《らっかんし》しすぎるのはよくないとは思うけど。親をまきこむ。うん、おーちゃんが最初に出した意見ともリンクしてるしね」

さすが阿部先輩だ。ルウの意見も尊重《そんちょう》しつつ、うまく議論《ぎろん》をまとめてくれた。

「じゃあ、次、もとちゃん」

まだ親しくなれていない別のクラスの一年生の意見を聞きながら、わたしはまた、自分の中にぐいぐいとわけいっていく。

どこにある？　わたしの悩《なや》みは。

ボランティア部の活動を通じて、世の中にはこんなにたくさんの問題があるんだって知った。いまも、現在《げんざい》進行形で知りつづけている。知ったはしから新しい問題も起きている。

そんな世界で生きているというのに、悩みがないなんて、そんなことがあっていいのだろうか。

だめな気がする。

悩《なや》んでいることがなにもない中学生なんて、なんかへんだよね？


必要事項《じこう》をすべて埋《う》めて、あとはメッセージフォームに悩みの内容《ないよう》を打ちこむだけ、となってから、もう一週間になる。

こまった。本当に、こまっている。

このままでは、記念すべき放送第一回目で黛生《たいせい》さんにお悩みを読みあげてもらうという野望が、はたせなくなってしまう。

……というわけで、洗濯《せんたく》ものをたたみながら夕方のニュースに見入っていた母に、助けを求めることにした。

「ねえ、お母さん」

「うーん？」

「わたしのことで、なんかこまってることってない？」

「果淋《かりん》のことで？　えー、なんかあるかなあ。お風呂掃除《ふろそうじ》が雑《ざつ》、とか？」

「それだけ？」

「だって果淋《かりん》、いい子だもん。お母さん、ママ友さんたちにいつもうらやましがられてきたんだよ？　聖《ひじり》くんママなんて、うちも果淋ちゃんみたいな素直《すなお》で明るい女の子だったらよかったっていってきたことあるくらい」

それをいうのはどうだろう、聖くんママ。っていうか、わたしは奥田《おくだ》くんのこと、聖くんなんて呼《よ》んだこと一回もないけど。

奥田くんは、小学生のころからいわゆる保健室《ほけんしつ》登校をしていた子だ。奥田くんは私立《りつ》にいったから、中学からはいっしょじゃないんだけど、いまも保健室登校がつづいていて、教室に顔を出すのは月に二、三回らしいことくらいは知っている。奥田くんの母親がうちの母に話したことを、うちの母がわたしに話すからだ。

「女の子として生まれてきてくれた時点でもう、お母さんは果淋に感謝《かんしゃ》しかないし」

それも、お兄ちゃんたちの前ではいわないほうがいいと思うな、お母さん。お兄ちゃんたち、地味に傷《きず》ついてるみたいだから。

うちは上に三人兄がいて、末っ子のわたしだけが女の子だ。しかも、いちばん下のお兄ちゃんですら、わたしより六歳《さい》も上で、大学入学を機に家を出てしまっている。なので、ほぼほぼひとりっこのようなものだ。実質《じっしつ》、両親とわたしの三人暮《ぐ》らし。

いちばん上のお兄ちゃんが元気のあり過《す》ぎる子どもだったらしくて、母はとにかく、女の子がほしかったらしい。

ルウがよくいうのは、『しなかんは棚《たな》ぼたが過ぎる』だ。望まれまくって生まれてきたから、みんなに手放しで愛されている、存在《そんざい》をよろこばれているって。

わたしって愛されてる！ と日々《ひび》思いながら過ごしているわけではないけれど、まあ、三人の兄もふくめて家族とは仲もいいし、いやな思いをしたこととか一度もないし、恵《めぐ》まれてるんだろうな、という自覚はある。

……うん、そうなんだよね。恵まれてるんだよ、わたし。だから、悩《なや》みがない。

最後のTシャツをたたみおえた母が、ソファの背《せ》もたれ越《ご》しにわたしを見上げてきた。

「じゃあ逆《ぎゃく》に、果淋《かりん》がお母さんに直してほしいとこは？ なんかある？」

うーん、と考えこむ。ソファの背もたれをまたいで越《こ》えて、母のとなりに座《すわ》りこんでもまだ、うーん、うーん、とうなりつづける。

「……ない。まったくない！」

「わー、相思相愛だー。やったね」

……やっぱりだめだ。この母と話していても、自分の悩みを発掘《はっくつ》できる気がしない。

【で？　ルウの悩《なや》みって？】
【うわ、忘《わす》れてなかった】
【見た目の悩みじゃないとなると性格《せいかく》？】
【は？】
【性格がきついって思われてるのが悩み？】
【そんなことで悩むとでも？】
【悩まないんだ】
【見た目につられて寄《よ》ってくるのが減《へ》ってちょうどいいと思ってますが？】
【わー、まじ性格きつーい】
【で】
【で？】
【しなかんはなんで急に悩み悩みいいだしたわけ？】
【お悩み相談に投稿《とうこう》したいんだよね】
【なにそれ】
【黛生《たいせい》さんがラジオはじめるんだよ】
【出た、皆吉《みなよし》黛生】

【放送第一回目で採用《さいよう》されたい！】

【なのに悩《なや》みがないと】

【そういうこと】

【笑うしかないんだけど】

【ルウってそういうことで悩んでたんだってところからヒントもらえないかと思って】

【ヒントって】

【お願い！】

【っていうか】

【うん】

【悩みがないのが悩みですってそのまま書けばいいんじゃないの？】


ルウの投げやりな真夜中のアドバイスは、ビビ！　とわたしの脳《のう》を直撃《ちょくげき》した。

それだ！

それだよ、それ。なんでいままで気がつかなかった？　わたしのいまいちばんの悩みは、悩みがないことだ。これだってりっぱな悩みじゃないか！

空欄《くうらん》だった【お悩《なや》みの内容《ないよう》をお書きください】を、ようやく埋《う》めることができた。

「どうか採用《さいよう》されますように……」

暗殺《あんさつ》された戦国武将《せんごくぶしょう》の怨念《おんねん》なみの念をこめながら、いざ、送信した。


「えー、では、ここからは新コーナー……新コーナーといっても、きょうは放送第一回目なんで、全部、新コーナーなんですけどね」

「必然的にそうなりますよね」

「コーナー名、わたしがいうんでいいですね？　類《るい》くん、いう？　いわない？　はい、じゃあ、わたしがいいます。『ヤングタイマーズのお悩み相談室』！」

「本当にはじまっちゃうんですね。お悩み相談とかあんまり縁《えん》がなかったんで、けっこう緊張《きんちょう》しますけど」

「わたしもです。まあ、あれですよ。ずばっとお悩み解決《かいけつ》します、という感じじゃなく、わたしたちがあれこれ話すのを聞いてるうちに、あ、そんな考え方もあるのかって気づいてもらったり、なーんだ、そんなんでいいんだって脱力《だつりょく》してもらえればと」

「だれかに話すことで、気が楽になることもありますしね。その相手が、自分と同い年じゃないほうがいい、みたいなこともね」

「十四歳《さい》じゃない人だからこそ、十四歳の悩《なや》みについて話せることがある、みたいな」

「お悩みは、番組がはじまる前から募《ぼ》集《しゅう》してたんですよね、公式サイトのほうで」

「おかげさまで、ご応募《おうぼ》いただいております。コーナー名のヤングタイマーズってなんですか？　というお話はのちほどするとしまして、まずは最初のお悩み、読ませていただきます。


【中学生になれば、ひとつやふたつ、なんならもっと悩みがあるはずだと思われがちですが、わたしにはなにも悩みがありません。

このお悩み相談のコーナーにどうしても投稿《とうこう》したくて、ふらふらになるまで考えてみたのですが、本当にひとつも悩みがなかったんです。

学校のこと、友だちのこと、家族のこと、自分自身の性格《せいかく》や体、将来《しょうらい》のこと。あれこれ考えました。それでも、だめだったんです。これを悩んでいる、と思えることはなにもありませんでした。

こんな中学一年生がいてもいいものでしょうか？　悩《なや》みがないことが、わたしの悩みです】

ラジオネーム・かさぶたさん、中学一年生の生徒さんからいただきました」

「かさぶたさんです」

「かさぶたさん」

「意外なお悩みをいただきましたね」

「もっとこう、あまずっぱいような、胸《むね》が痛《いた》くなるような、そんなのがきちゃうのかなと思っていたら、まさかの、悩みがないのが悩みだという」

「本当に、まさかの、って感じですよね」

「ただね、わたしはすごくうれしくなりました。悩みがない、といいきれるかさぶたさんのような中学一年生が、いまの世の中に存在《そんざい》しているんだと」

「たしかに、うれしくなるお悩みですね」

「でしょう？　だからね、こんな中学一年生がいてもいいんでしょうかって書いてくださってますけど、いいです。いていい」

「いてほしい」

「そう、いてほしい。あなたは、いてほしい中学一年生なんです。っていうか、おれもね」

「わたしがおれになっちゃってますけど」

「あれ？　いいました？　おれって」

「いいましたね」

「かさぶたさんのお悩《なや》みが素敵過《すてきす》ぎて、つい素《す》が出てしまいましたけど、わたしもね、中学生のころは悩みなんてありませんでした。なんなら、悩みがないことに気がついてすらいなかったというか。中学生なんて悩むのが仕事だ、みたいなことといわれますけどね、いろいろですよ、ほんとに。悩まない中学生だっています。わざわざ乗せられなくていいんですよ。そういっとけば安心だっていうおとなが多いだけ。わたしもよくいわれましたからね。なんで？　って。とくに親に」

「なんで悩みがないの？　と」

「そう、なんで悩まないの？　そんなに成績《せいせき》悪いのに、みたいな」

「悪かったんですか？　皆吉《みなよし》さん」

「悪かった悪かった、勉強まったくしなかったもん」

「でも、うちの大学、まあまあ成績よくないといけないとこですよね？」

「勉強してみたら、じつは頭よかったの。あ、わたしと類《るい》くん、じつは大学が同じなんです。在籍時期《ざいせき》はまったくちがうんですけどね」

「学部も同じ教育学部ですよね」

「わたしはちがいますけど、類くんはちゃんと先生になろうと思っていってますから、教育学部」

「話がそれちゃってますね」

「あ、本当だ。なにがいいたかったかというと、悩《なや》みがないってことは、ご家族だったり、まわりのお友だちだったりにすごく恵《めぐ》まれてるっていうのがまずあるんでしょうけど、それ以外にも、かさぶたさんご自身の気質《きしつ》っていうんですかね、ほかの人なら悩みそうなことでも、かさぶたさんは悩まないっていう、そういう性格的《せいかくてき》な部分によるところもあると思うんですよ」

「生まれもってのもの的な」

「そうそう」

「うらやましいかぎりです」

「かさぶたさんのことをうらやましいと思う人は、きっとたくさんいると思う。でね、いいなあ、うらやましいなあって実際《じっさい》にいわれたら、かさぶたさんにはぜひ、『でしょ？』って態度《たいど》でいてもらいたい。どうどうと。人からうらやましいと思われる人は、どうどうとうらやましがられたらいいんですよ。遠慮《えんりょ》とか謙遜《けんそん》とか、そんなのぜんぜんしなくていい」

「こんな人もいるんだって、思わせてあげる感じで」

「そうそう、わたしたちのように、かさぶたさんのお悩《なや》みを聞いて、いいなあ、うれしくなる悩みだなあって感じる人は確実《かくじつ》にいると思うんで。かさぶたさんと出会えた人たちを、どんどんうれしくさせてあげてください」

「でもさ、皆吉《みなよし》さん。そう思えない人たちっていうのもいるんじゃないですか？　どうどうとしやがって、みたいな。自慢《じまん》してんのか？　みたいな」

「いるでしょうね、それは。それでも、どうどうとしてていいんです。だって、すごいことなんですから、悩みがないって。たとえばね、悩んでいることだらけで、悪いのはこの世の中だ！　ってすべてを恨《うら》んでいるような人がいたとします。そういう人が、かさぶたさんのこのお悩み相談をたまたま聞いていて、そんな子もいる世の中だったのか！　って、はっとなる。そんなことが起きてもおかしくはないくらい、悩みがないっていいきれるのはすばらしいことだと思うんですよ」

「ぼくも、いまはそう思います。ただ、ぼくはすごくダークな中学生だったんで、かさぶたさんみたいな子に、『でしょ？』って態度《たいど》でいられたら、『は？』ってなってたんじゃないかな、と」

「いいんじゃないですかね、そこは『は？』でも。だって、おとなになったいまのきみは、うれしくなるお悩《なや》みだなって思ってるわけですよね」

「まあ、はい」

「かさぶたさんも、『は？』って反応《はんのう》されたときは、むっとするかもしれないし、もしかしたら、すごく傷《きず》ついて、そこではじめて悩むかもしれませんよね。なんであういう人がいるんだろう、みたいに。それはそれで悪いことじゃないと思うんですよ。どちらにとってもね」

「どちらにとっても」

「そうやって、まったくタイプのちがう人間同士《どうし》が出会って、あ、ちがう！　って気づくことで、いろいろ考える。考えることで、自分がわかる。『ああいう人じゃない自分』に気づくわけですから。そうやっておとなになっていって、きみもいまのきみになったと思うんですよ。だから、中学生のころには思いもしなかったようなことを、おとなになったいまは思うようになっている」

「なるほど」

「中学時代のダークだった類《るい》くんもいていい。悩《なや》みがないのが悩みってどうどうといえるかさぶたさんもいていい。どちらもあり。なしはない」

「じゃあ、かさぶたさんからいただいた今回のお悩み相談へのお答えとしては、『あなたはそのままでいいんです。どうどうと悩みがないままでいましょう』ですかね？」

「加えて、もし気がむいたらでいいんですけど、悩みがないぶん、かさぶたさんはすごく身軽な人だと思うんで、荷物が重そうな人に気づいたら、声をかけてあげてほしいかなあ。よければそこまでもちましょうか？　くらいの軽い感じでね。だいじょうぶですっていわれたら、あ、そうですかってすぐ引いちゃっていいんで」

「それは、悩みを聞いてあげたりってこと？」

「そうそう、荷物が重い人にはなかなかできないようなことをね。気がむいたらですよ？　気がむかなかったら、しなくてもいいんです。ただどうどうとしていてくれれば、かさぶたさんはオールオッケーなんで」

「万が一、やっぱり悩みはじめちゃいましたってなったら、そのときはまた、このお悩み相談室にメッセージをいただければ、ということで」

「いいこといった！　いいこといったね、類くん。というわけで、『ヤングタイマーズのお悩《なや》み相談室』でした。かさぶたさん、ご相談メッセージありがとうねー」

「それではここで、かさぶたさんに聴《き》いてもらいたくて選んだ曲をお届《とど》けします」


「おいっ、しなかん！」

耳もとで、ルウの声が爆発《ばくはつ》した。

「わっ、うるさっ」

「うるさっ、じゃないよ。何回呼《よ》んだと思ってんの」

「えっ、呼んだ？」

「五回は呼んだ。うそ、二回」

「気ぃ短いな！」

廊下《ろうか》の窓枠《まどわく》に引っかけていたひじを浮《う》かして、ルウがわたしの腕《うで》をつついてくる。

「で、感想は？　皆吉黛生《みなよしたいせい》に呼《よ》んでもらったんでしょ、名前」

「……正直、後悔《こうかい》しかない」

「えっ？　なんでよ、うれしくないの？」

「よりによって、なんでラジオネーム、かさぶたなんかにしちゃったんだろうって」

「かさぶ……かさぶた？　えー、なんでまたそんな」

「メッセージ打ってるとき、手《て》の甲《こう》のかさぶたが目に入ってさ」

「ああ、すりむいたとこ、かさぶたになってたね」

「そう、ルウのマンションのコンクリ塀《べい》乗りこえようとしてずりおちたときのやつ」

「わたしのもまだあるよ」

ほら、と衣替《ころもが》えで半袖《はんそで》になったばかりの右腕《みぎうで》を鋭角《えいかく》に曲げて、ルウがひじの外側を見せてきた。ある。わたしのと似《に》たような大きさと治り具合のかさぶたが。

わけあってマンションの裏手《うらて》にあるコンクリ塀を乗りこえたとき、そろって足をすべらせたのだ。

黛生さんのはじめてのラジオ番組『放課後の放課後』。その初回放送があった週末を経《へ》ての月曜日、わたしはほぼ放心状態《じょうたい》のまま登校してきた。

あれって現実《げんじつ》だった？　わたしの妄想《もうそう》じゃなかった？　現実感がないって、まさにこのことだ。

でも、まちがいなく黛生さんは黛生さんのあの声で、何度も呼《よ》んでくれていた。かさぶたさんって。悩みがないのが悩みだって相談したわたしのことを、いてほしい中学一年生だって。

欲《よく》が出た気がする。ラジオでしゃべる黛生《たいせい》さんを知ったら。もっともっとこの人のことを知りたいって。意外なことに、あんなに興味《きょうみ》のなかった八十色類《やそいろるい》のことも、いまはもうちょっと知ってみたい気になっている。ラジオって不思議だ。遠いはずの人を、すごく近くにつれてきてくれる。

「黛生さんがあんなに連呼《れんこ》してくれるんだったら、本名にしとけばよかった。果淋《かりん》って呼《よ》ばれたかった……」

「そんなに連呼されたんだ、かさぶた」

「されたよもう、めちゃくちゃ呼んでくれてたよ、黛生さん」

「ふうん……聴《き》いてみようかな、わたしも。ラジコってので聴けるんでしょ？　いまからでも」

ラジオネームをかさぶたにしてしまったことは、悔《く》やんでも悔やみきれないけれど、第一回目の放送の最初のお悩《なや》み相談に自分の投稿《とうこう》が選ばれたのは、最高でしかなかった。

リアルタイムの一回だけではもの足りなくて、ラジコでも聴いた。聴取期限《ちょうしゅきげん》のマックスギリギリまで、何度も。くりかえし聴くうちに、『トランジスタ・ラジオ』という曲の歌詞《かし》を最初から最後まで覚えてしまったくらいだ。

八十色類《やそいろるい》が、ラジオネーム・かさぶたのために選曲してくれた『トランジスタ・ラジオ』は、彼《かれ》が叔父《おじ》の影響《えいきょう》で好きになったというロックバンドの代表的な曲で、歌詞の内容《ないよう》はこんな感じ。

授業中《じゅぎょうちゅう》、屋上でひとり寝《ね》ころがって、トランジスタ・ラジオを聴《き》いている。

言葉にならない気持ちを感じながら、空を見上げている。

教室では、みんなが授業を受けている。彼女《かのじょ》も、教科書を開いている。

聴こえてくるのは、彼女の知らない曲、彼女の知らないメッセージ、彼女の知らないメロディー……。

まっ青な空に吸《す》いあげられたなら、二度ともどってこない自由な歌だ、と思った。

口ずさむと、自分まであの歌の一部になったような気がする。

八十色類は、ダークな中学生だったらしい。わたしの聴いている『トランジスタ・ラジオ』と、彼が中学生のころに聴いたそれは、きっとまったくちがう歌だったんだろうな、と思う。

「ねえ、ルウ」

「うん？」

窓枠《まどわく》に背中《せなか》をむけていたルゥが、顔をこちらにむける。窓枠に体の正面をむけていたわたしも、顔を横にむける。

「わたし、もっと部活がんばろうと思う」

「なに急に」

「悩《なや》みがないぶん、身軽だからさ」

なんとなく入ったボランティア部は、自分にとっては運命の選択《せんたく》だったんじゃないだろうか。

あの歌が頭の中で流れはじめると、なぜだかそんなふうに思うようになった。

わたしはいく。

身軽なままで。

彼《かれ》も彼女《かのじょ》も知らない曲を聴《き》きながら。

ラジオネーム　贅沢保湿《ぜいたくほしつ》　中学二年生

ラジオを聴《き》くのが好きだっていったら、「やっぱり須田《すだ》くんって、いんかようかでいったらいんなんだね」といわれた。

いんかようかでいったらいん。

なにをいわれたのかよくわからなくて、しばらく考えこんでから、ああ、となった。

陰《いん》か陽かでいったら陰、かと。

あれ以来、小坂《こさか》さんからの連絡《れんらく》はない。

小坂さんは、ぼくにとって三人目の彼女《かのじょ》だった。だった、でいいだろう。きっとぼくはまたふられた。

毎回、同じパターンだ。むこうから、いきなり連絡がくる。つきあってといわれる。

いいよと答えてしばらく彼氏《かれし》彼女として過《す》ごしたあと、一方的に連絡を絶《た》たれる。

彼女《かのじょ》たちがぼくを好きになるのは、決まって顔だ。ぼくの顔が好きで、つきあいたがる。つきあうと、彼女たちの思っていたようなぼくじゃなかったことがわかって、関係を解消《かいしょう》される。そして、黒歴史《くろれきし》あつかいされる。

ぼくには友だちがいない。だから、つきあってほしいといわれたら、基本《きほん》、断《ことわ》らない。彼氏《かれし》彼女の関係から、いずれは友だちになれるかもしれないからだ。

ぼくは彼女じゃなく、他愛ないことを話せる友だちがほしいんだと思う。

同じクラスの男子のほとんどは、話しかければ返事はしてくれるし、同じ班《はん》になって同じ作業をしているときなんかは、ふつうに会話もしている。ただ、いっしょに帰ったり、休み時間に声をかけあったり、という間柄《あいだがら》になれたことはない。たぶん、いっしょにいて楽しいやつだと思われていないのだろう。

だからつい、女子となら友だちになれるかもしれない、と期待してしまう。むこうから興味《きょうみ》をもってくれたんだから、と。

やっぱり須田《すだ》くんって陰《いん》か陽かでいったら陰なんだね、といったときの小坂《こさか》さんの顔を思いだす。見覚えのある表情《ひょうじょう》だった。いまごろはきっと、ぼくとの関係は黒歴史あつかいされているにちがいない。

今回もだめだった。友だちにはなれなかった。

友だちって、どうやって作るんだろう。

どうしてみんな、そんな簡単《かんたん》に友だちを作ることができるんだろう……。


またひとつ、新しいラジオ番組がはじまった。

俳優《はいゆう》の皆吉黛生《みなよしたいせい》と、ミュージシャンをやっているらしい八十色類《やそいろるい》という人との組み合わせで、学校生活や学生にまつわるトークをする番組だそうだ。

初回は聴《き》きのがした。別のラジオ番組の初回放送を聴いていたからだ。

優先したほうの番組は、ぼくにはまったくささらなかった。継続《けいぞく》はないな、と即決《そっけつ》したので、『放課後の放課後』の第二回目をリアルタイムで聴いてみることにした。

ラジコでわざわざ初回を聴くほどではなかったし、可能《かのう》なかぎりラジオはリアルタイムで聴くことにしている。

土曜日の夕方五時から約一時間。

当然のように用事はないし、夕食までには聴きおわる。リアルタイムで聴くには、ちょうどいいプログラムだった。

スマホは最近バッテリーの減《へ》りが早いので、ラジオを聴くときには使わない。父親のお古のノートパソコンを勉強机《べんきょうづくえ》の上に開いて、番組がはじまるのをまった。

　一階のリビングでは、母親と妹が録画しておいたドラマを観《み》ながら騒《さわ》いでいる。単身赴任《ふにん》の父親は、今週も帰ってきていない。

　はじまった。

皆吉黛生《みなよしたいせい》の声を耳にしたとたん、「あー、あの人か」とぴんときた。

　まじめにしゃべっているようで、どこかふざけてもいるような独特《どくとく》の話し方と、間《ま》の取り方。映画《えいが》の宣伝《せんでん》で、ぼくの好きだった番組にゲストで出たのを覚えていた。作家の小田川空鳴《おだがわくうめい》がやっていた『ワード&ワールド』。ぼくがラジオを聴《き》くようになるきっかけになった番組の、最後のゲストだった。

　小田川空鳴の『ひよこと鳩《はと》』は、友だちができないことに悩《なや》みはじめた小学五年生のころのぼくを、確実《かくじつ》に救《すく》ってくれた小説だ。

　小学校の図書館に、今月のオススメとして表紙が見えるよう棚《たな》に置かれていた『ひよこと鳩』は、当時、別の作品で大きな文学賞《ぶんがくしょう》をとったばかりだった小田川空鳴が、中高生むけのレーベルで書いたソフトカバーの本だった。

　やわらかい表紙の本は読みやすい本だと思っていた当時のぼくは、なんとなく、本当にただなんとなく、『ひよこと鳩』を借りて帰った。

当時はどんなジャンルだとか意識《いしき》しないで読んでいたけれど、いまになって思えば、『ひよこと鳩《はと》』はSFだったのかもしれない。

ある地方都市に暮《く》らしている少女が、有名な和菓子《わがし》の《ひよ子》を食べる。まったく同じときに、まったく別の地方都市に暮らしている少女が、名菓《めいか》《鳩サブレー》を食べる。その瞬間《しゅんかん》、なぜかふたりの意識は接続《せつぞく》したような状態《じょうたい》になる。寝《ね》ても覚めても、おたがいの考えていることや体感していることが、自動的に共有されてしまう。どうにかして接続を切ろうとするのだけど、なにを試《ため》しても、ふたりの意識はつながったまま。

ひとりの体でふたりぶんの人生を生きていくことになってしまった少女たちの、混《こん》乱《らん》と絶望《ぜつぼう》と希望の物語――。

あらすじ風に説明すると、こんな感じのストーリーだ。

はなれた場所で暮らしているのに、意識の中ではいつもいっしょのだれかがいる。そんなふたりの少女の境遇《きょうぐう》に、友だちがひとりもいなかったぼくは、猛烈《もうれつ》に憧《あこが》れた。

ぼくにもいたらいいのに。そんなふうに思いながら、『ひよこと鳩』を読みおえた。

読みおえてからも、ぼくは願いつづけた。

ぼくにもいつか、彼女《かのじょ》たちのような奇跡《きせき》が起きますように。

同じクラスじゃなくてもいい。

同じ学年じゃなくてもいい。

いったことのない遠いどこかで暮《く》らしている、会ったこともないだれかでいい。

願いつづけているうちに、いつかかならず起きることのような気がしてきた。いまはまだ起きていないだけで、次の学年になったら、なのかもしれない。そう思うだけで、ぼくはずいぶん、おだやかな気持ちで過《す》ごせるようになった。

休み時間になってもだれからも話しかけられない毎日が、そんなにへんなことじゃない気がしてきたのだ。だって、いまじゃないだけなんだから。

不思議なことに、小田川空鳴《おだがわくうめい》のほかの小説は、そんなに夢中《むちゅう》になって読むことはできなかった。『ひよこと鳩《はと》』だけだ、ぼくを救《すく》ってくれたのは。

それでも、小田川空鳴がラジオ番組をやっていると知ったときには、迷《まよ》うことなくリスナーになった。そこでまた、ぼくは新たな気づきを得《え》ることになる。

ラジオってすばらしい！

ひとりでいるのに、ひとりじゃない気分にさせてくれる。まるで、〈ひよこ〉と〈鳩〉――ふたりの少女はおたがいを、そう呼《よ》びあっていた――だ、とぼくは思った。

ぼくが〈ひよこ〉で、ラジオが〈鳩〉。ぼくが〈鳩〉で、ラジオが〈ひよこ〉。ラジオを聴《き》いているあいだは、まちがいなくぼくの意識《いしき》の中には、番組のパーソナリティーの声が、息づかいが、話している内容《ないよう》が、そのとき考えていることが、接続《せつぞく》されている。

ぼくは、さらに安らいだ気持ちでいられるようになった。

いまもあいかわらず、休み時間にいっしょに廊下《ろうか》に出るような相手はいないままだけど、きょうは月曜日だから六時からはあの番組だな、八時からはあれだ、と考えていれば、それほどまたずに次の授業《じゅぎょう》がはじまる。

小田川空鳴《おだがわくうめい》は二度、ぼくを救《すく》った。その小田川空鳴の『ワード&ワールド』が終わると知ったときの、ぼくの絶望《ぜつぼう》たるや。

ただ、最終回の放送は最高におもしろくて、心から満足できる内容だった。

ゲストのマイナーな俳優《はいゆう》——と当時のぼくは思っていた——は、小田川空鳴原作の映画《えいが》に出演《しゅつえん》したことがきっかけで、交流をもつようになったらしい。

彼《かれ》は、いちばん好きな小田川作品として、『ひよこと鳩《はと》』をあげた。それだけで好感度はあがりまくりだったけれど、作品の解釈《かいしゃく》がまたよかった。書評《しょひょう》やレビューでは、バッドエンドとされていることが多いにもかかわらず、彼はきっぱりと、「あれはまごうことなきハッピーエンドですよね」といいきったのだ。

接続《せつぞく》を、ぼくは感じた。

皆吉黛生《みなよしたいせい》という俳優《はいゆう》のことを、当時のぼくはまるで知らなかったのだけれど、確実《かくじつ》にあの瞬間《しゅんかん》、ぼくと彼《かれ》は接続されていた。〈ひよこ〉と〈鳩《はと》〉になって、束《つか》の間《ま》、おたがいのすべてを共有した。

ぼくはラジオにしか興味《きょうみ》がなく、映画《えいが》もドラマも観《み》ないので、その後、皆吉黛生の顔も知らないままだった。『放課後の放課後』を聴《き》くまで、ぼくと皆吉黛生との接点《せってん》はなかったのだ。それなのに、聴いた瞬間、ああ、あのときの、となった。


「そうそう、メッセージもいくつかいただいたんですけど、先週のね、『ヤングタイマーズのお悩《なや》み相談室』のタイトルコールのとき、ヤングタイマーズの意味はのちほど！　みたいなことといっておきながら、説明しないで終わっちゃったんですよね、じつは」

「ぼくは気づいてましたよ。皆吉さん、いわねえなって」

「なんだよ、いわねえなって。気づいてたんなら教えてよ」

「いわねえなって思ってるうちに終わっちゃったんですよ」

「ね？　ぼんやりさんでしょ。あんないかついバンドやってたくせに、ふだんはほんと、ぼーっとしてるんですよ」

「それいうの、皆吉《みなよし》さんだけですからね」

「そうなの？　類《るい》くんのまわりにはぼんやりさんしかいないのかな」

「あの、皆吉さん、またいわないままで終わりそうですけど、ヤングタイマーズの意味」

「えらい。今回はちゃんといった」

「いいました」

「えー、そう、だからね、ヤングタイマーズっていうのは、このコーナーにおけるわたしたちのコンビ名みたいなもので、『ズ』は複数形《ふくすうけい》の『ズ』なんです。『ヤング』と『タイマーズ』じゃなく、『ヤングタイマー』と『ズ』。で、『ヤングタイマーたち』を意味しているわけですね。そんなわれわれヤングタイマーズがお悩《なや》みをお聞きしますよ、と。そういうコーナー名になっております。で」

「で」

「ヤングタイマーって？　ってなりますよね。これは、ある年代に生産された車の俗《ぞく》称《しょう》、ニックネームみたいなものなんです」

「具体的にいうと、一九八〇年代後半から二〇〇〇年代前半くらいですかね」

「ですかね。そのころ街をふつうに走ってた車って、いまの車とはちょっとデザインがちがうんですよ。代表的なのは、日産のラシーンとか、トヨタのMR2あたり……って、知らないでしょ？　いま中学生だったり高校生だったりするリスナーのみなさんからすると、おじいちゃんおばあちゃん世代が乗ってた車になるのかなあ」

「お父さんお母さん世代の国産車っていうと、日産ならキューブとか、トヨタならプリウスとか？」

「あとはもう電気自動車とか、ガソリン車以外の選択肢《せんたくし》だよね」

「ですね」

「そんな電気や水素《すいそ》の時代がやってきているというのに、ヤングタイマーと呼《よ》ばれるちょっとむかしの車を愛好している人のことをエンスーといったりもするんですが、じつはわたしたち、そのエンスーさんなんです」

「だから、最初はコーナー名、『エンスーズのお悩《なや》み相談室』にしようっていう案もあったんですよね」

「さすがにわかりにくいしとっつきにくいってことになって、ヤングタイマーズになったという」

「それでもまだ、こうやって長々《ながなが》と説明しなくちゃいけないくらいにはわかりにくかった」

「わかりにくかった。ただね、古い車が好きっていう共通の趣味《しゅみ》は、こんなふうにいっしょにラジオ番組をやるくらい、わたしたちが親しくなったきっかけでもあるので」

「コーナー名にちょっと入れておこうかってなったんですよね」

「なりました。えー、では、一曲お届《とど》けしたあと、俳優《はいゆう》とミュージシャン、年齢差《ねんれいさ》も十歳《さい》近いわたしと類《るい》くんが、どのようにして友だちになったのかという話をしようかと思います」


流れた曲は、『友だちなんて』。

八十色類《やそいろるい》が、バンド解散後《かいさんご》にはじめてリリースしたソロ第一弾《だいいちだん》だった。

いなくたっていい、そんな友だちなら。

ひとりごとのようにはじまる、しずかな曲。どんな友だちならいてほしいか。自分はどんな友だちになりたいか。理想の友情《ゆうじょう》について、たんたんと歌っていく。

いつかのぼくには、友だちがいた。

いつかのぼくには、友だちがいた。

そうくりかえして、『友だちなんて』は終わる。

泣いた。

歌を聴《き》いて泣いたのは、生まれてはじめてだった。

友だちについて、こんなに正直に、こんなにみっともなく、こんなに切実に歌にすることができるなんて。

友だちというものに気持ちを動かされない人なんていない。歌の中の〈ぼく〉は、そう語っていた。友だちがうまく作れない人もいるし、作れてもうまくいかなくなる人もいる。友だちだった人を偲《しの》んでいる人もいる。友だちなんて、と吐《は》きすてたあいつだって、と。

曲が終わるとすぐに、皆吉黛生《みなよしたいせい》と八十色類《やそいろるい》が自分たちの交流のはじまりについて語りはじめた。鼻をぐずぐずさせながら聴く。

個性的《こせいてき》な中古車をあつかう店に、たまたま居合《いあ》わせたのがきっかけだったらしい。古い車好き同士《どうし》として連絡《れんらく》をとりあうようになったそうだ。

おとなになってからでも友だちってできるんだな、というのが、ぼくにはちょっとした衝撃《しょうげき》だった。母親とちがって、父親の友だちはみんな、中学や高校、大学のころに知りあった人ばかりだ。男って、おとなになってから知りあう人とは友だちにはなれないんだと、なんとなく思っていた。

そんなわけでもないらしい。

そうか、そんなわけでもないのか……。

小田川空鳴《おだがわくうめい》の『ひよこと鳩《はと》』を読んだときのように、ぼくはまた、ちょっとだけほっとした気持ちになっていた。

「では、今週もいきましょうか。『ヤングタイマーズのお悩《なや》み相談室』のコーナー」

ふたりが友だちになったいきさつを話したあと、『ヤングタイマーズのお悩み相談室』のコーナーがはじまった。

「ラジオネーム・贅沢保湿《ぜいたくほしつ》さん、中学二年生の生徒さんからいただきました。先週は皆吉《みなよし》さんが担当《たんとう》だったので、今週は八十色《やそいろ》が読ませていただきます。

【ぼくは、友だちのことがうらやましくてしょうがありません。すごくもてるんです。それだけじゃありません。なにをやってもうまくやれてしまうし、成績《せいせき》もいいし、正直、男のぼくから見ても、かっこいいです。

それに比《くら》べてぼくは、いいところがありません。地味だし、おもしろいこともいえないし、女子にはほとんど無視《むし》されています。友だちとは、小学校からのつきあいなので、その延長《えんちょう》で仲がいいだけだと思います。そろそろ友だちからも見はなされるんじゃないかとびくびくしています。

むこうが先にはなれていく前に、いっそぼくのほうからはなれてしまおうかと思っているのですが、そんなことをしたらぼくはますます、なんの取《と》り柄《え》もないやつになってしまいます。どうしたらいいと思いますか？】

あー、なるほど、友だちがすご過《す》ぎる問題ですね」

「類《るい》くんも、悩《なや》んだことがあるっぽい口ぶりですね？」

「がっつりありました。もうめちゃくちゃすごいやつがいたんです。ぼくの場合、高校のときだったんですけど、中学からバンドやってて、入学してきたときにはもう、ちょっとした有名人みたいな」

「わー、それはちょっと……」

「こじらせそうでしょ？　ぼくがバンドはじめたのは高校に入ってからだったんで、余計《よけい》にそいつが雲の上の存在《そんざい》っぽい感じで。すげー気になるんだけど絶対《ぜったい》こっちからは話しかけない、みたいなへんな意地まで張《は》っちゃって、一方的に苦手な相手って思ってました」

「ふんふん」

「で、学園祭で同じステージに出ることになって、はじめて口きいたんですよ。そしたらもう、すげーいいやつで」

「友だちになったと」

「いや、なんかちょっとタイミング逃《のが》しちゃって、友だちってところまではいかなかったですね。でもまあ、廊下《ろうか》で顔をあわせれば立ち話はするくらいの、そういう関係にはなりました」

「そっかそっか」

「ただ、高校卒業するまで、ずーっとそいつのことは意識《いしき》してて、なんか苦しかったですね。いいやつだってわかってからも」

「自分と比《くら》べちゃう？」

「勝手にね。だから、贅沢保湿《ぜいたくほしつ》さんの気持ちは、めちゃくちゃわかるんですよ。『うらやましい』の中に、『憎《にく》たらしい』って気持ちがたぶん、混《ま》ざっちゃってるから苦しいんですよね。ぼくはそうでした。人気なくなれ、とか、つねに思ってましたからね」

「いまの類《るい》くんからは想像《そうぞう》もつかないなあ、いまは本当にあっさりしてるもんね」

「ぼくも、自分がこんなふうになれるときがくるとは思ってませんでした。ずっとだれかをうらやましがったり、失敗しろって念じたりしてるようなやつのままなんだろうなって覚悟《かくご》してましたもん」

「なにかきっかけがあったの？　あっさり系《けい》に転じる」

「きっかけらしいきっかけはなかったと思うんですけど、しいていえば、時間？」

「時間が経《た》った？」

「よくいうあれです、おとなになったなあっていう」

「すべての人に平等に訪《おとず》れるあれですね」

「あれです」

「あれはいいですよね。いろいろなことをじわじわと変えてくれますから。あんなにまずいと思ってた酢《す》の物《もの》を、めちゃくちゃおいしい食べ物にしてくれたり」

「特盛《とくもり》に味噌汁《みそしる》代わりのカップラーメンつけてもまだもの足りないくらいだったのに、並《なみ》だけで満足できるようにしてくれたりね」

「そうそう、失礼な態度《たいど》の人がいても、この人はだれにでもこんな感じだろうから、家族にすら蛇蝎《だかつ》のごとくきらわれてるにちがいない、この人はかわいそうな人なんだ、だからこの人に腹《はら》なんか立てなくていいって思えるようにしてくれたり」

「そんなこと考えてたんですね、むっとしてるときの皆吉《みなよし》さんは」

「考えない？　類《るい》くんは」

「もっとシンプルに、『今夜から寝《ね》つきが悪くなれ！』って祈《いの》りますすね」

「わー、シンプルだ。でね、贅沢保湿《ぜいたくほしつ》さん、友だちから見はなされる前に、自分からはなれようか悩《なや》んでるっていうご相談をいただきましたけど、楽になりたいだけなら、そうするのもいいと思います。ただ、はなれたらはなれたで、あー、すっきりしたって感じにはならないかもしれない。かえって、もやもやがふくらんじゃう可能性《かのうせい》もね、あるかもしれない」

「はなれたあとのことを、贅沢保湿さんも心配してますもんね。うすうすわかってるんですよ、自分からはなれたら後悔《こうかい》するかも、とは」

「だからね、いまの自分のままじゃいやだな、なれるものならあの友だちみたいになりたいなっていう気持ちが少しでもあるようなら、友だちのままでいたほうがいいんじゃないかな、と思うんです」

「いっそ」

「そう、苦しくても、いっそ。類《るい》は友を呼《よ》ぶっていうじゃないですか。やっぱりね、いっしょにいる人の考え方とか行動とか、少しずつでも影響《えいきょう》受けるでしょ？　だったら、うらやましいと思える相手のそばにいられるのって、すごくラッキーなことじゃないですか」

「たしかにね」

「そもそも友だちなんて……って、類《るい》くんの曲のタイトルをまんまいっちゃいましたけど、そう簡単《かんたん》にできるもんじゃないですよ。わたしなんか高校に入ったとたん、急に人見知りするようになっちゃって、一年間、ひとりも友だちがいないまま学校いきましたからね」

「それこそいまの皆吉《みなよし》さんからは想像《そうぞう》つきませんけど」

「とはいえ、いまでも人見知りの名残《なごり》は感じるでしょ？」

「まあ、それはそうかもですね」

「とにかく、贅沢保湿《ぜいたくほしつ》さんにお伝えしたいのはですね、なんだかわからないけど友だちでいられてるいまの状況《じょうきょう》は、すごいことなんだと。これだけは強くいっておきたい。できない人には本当にできないもんですから、友だちなんて」

「またいった」

「またいいました、『友だちなんて』。いいタイトルつけたねー、類《るい》くん」

「連呼《れんこ》してもらえますもんね」

「友だち問題の話のときにね」

「じゃあ、皆吉《みなよし》さんとしては、友だちをやめるかつづけるかは贅沢保湿《ぜいたくほしつ》さんに任《まか》せるとしても、いまの状況はすごいことなんだということには、とりあえず気づいてほしいと」

「そういうことです。『あ、これってすごいことなのか』って思えたら、その友だちのことも、なんかちがう見方ができるようになったりするかもしれませんから」

「苦しい気持ちも、いつかなにかの役に立つかもしれない。ぼくの場合、歌詞《かし》を書くときの役に立ってます。当時の感情《かんじょう》は」

「苦しい気持ちも知っているからこその、『友だちなんて』だよね」

「ですね」

「はい、では、ここでもう一曲なんですけど、この番組ではなるべく、生徒のみなさんがふだん耳にする機会がなさそうな曲を選ぶようにしてまして……あっ、類《るい》くんの曲は別ですよ。類くんの曲は聴《き》けますからね、いまの時代に生きていれば、ふつうに。なので、類くんは別枠《べつわく》なんですけど」

「はい」

「これから聴いてもらうのは、本当にもう、偶然《ぐうぜん》に聴くことはむずかしそうな曲かな、という。でも、名曲なんで聴いてほしいなと思って選びました」

不思議な歌だった。

体験したこともない真夏の一日を、自分が知っている夏の思い出のように感じながら聴けてしまう、そんな歌。

タイトルは『真夏の出来事』で、歌っているのは平山《ひらやま》みきという女の人。名前も知らなかったし、顔を見たこともない人だった。

YouTubeでさがしてみたら、古いテレビ番組の映像《えいぞう》が見つかって、でも、『放課後の放課後』で聴いたときのような感じにはならなかったのが、またちょっと不思議だった。

接続《せつぞく》されていたんだな、と思う。

あのラジオ番組を聴《き》いていたときのぼくと、あの曲を選んだ皆吉黛生《みなよしたいせい》は。

ひとりでYouTubeを聴いているときのぼくは、だれとも接続されていない状態《じょうたい》にもどっていて、だからもう、ただの古い歌謡曲《かようきょく》にしか聴こえなくなってしまったのだと思う。

まったく同じ曲なのに。

その現象《げんしょう》に、ぼくはぞくぞくした。こういうの、もっと経験《けいけん》してみたい。接続された状態でしか知ることのできない感情《かんじょう》を、ぼくはもっと知っていきたい。

皆吉黛生は、きっとたくさん知っているんだろうな、と思った。だから、ああいう曲を選ぶことができる。

たくさんの接続を経験したら、ぼくも選べるようになるんだろうか。ああいう曲を。

来週の土曜日、午後五時。

ぼくはきっと、父親のお古のノートパソコンを勉強机《べんきょうづくえ》の上に開いて、番組がはじまるのをまつだろう。

友だちなんて、そう簡単《かんたん》にできるもんじゃない、と断言《だんげん》してくれた皆吉黛生と、

『友だちなんて』を作った八十色類《やそいろるい》。
友だちがいなくても、接続《せつぞく》は可能《かのう》だ。
あのふたりとの接続を、ぼくはもう、そわそわとまちわびている。

ラジオネーム

あなたの嘘《うそ》

中学一年生

わたしはたぶん、〈なんにもやりたくない病〉にかかっている。

これはおそろしい病《やまい》だ。

やらなくちゃいけないことがあるのに、よし、やろうって思えない。やらないとどうにもならないところまで追いこまれて、それでようやく動きだす。やりはじめてからも、ちゃんとは動けない。泥《どろ》の中を歩いているように、動きが重い。その結果、当然のように遅刻《ちこく》をする。当然のように約束をやぶる。当然のように期限《きげん》を守れない。

ママは二度、学校に呼《よ》びだされている。遅刻と宿題の提出《ていしゅつ》に関しての注意を受けるために。

ママは先生に、こんなふうに説明していた。

「おっとりしているのと、甘《あま》えん坊《ぼう》なところがまだあるので、それがいまは悪いほうに出ているだけだと思います」

おっとり？　甘《あま》えん坊《ぼう》？　自分のことをいわれているとはとても思えなかった。

わたしはただの、なんにもやりたくない人だ。〈なんにもやりたくない病〉というやっかいな病気にかかったまま日常《にちじょう》生活を送っているせいで、なにをやってもうまくいかないでいる人。

入学してすぐ仲よくなった新城《しんじょう》さんと飯田《いいだ》さんも、わたしにあきれているのがわかる。あんなにしょっちゅう届《とど》いていたメッセージも、最近はまったく送ってくれなくなった。わたしの返事がおそいからだ。

どうしてこんなふうになってしまったんだろう。中学生になる前も、活発なお子さんですね、といわれるようなことはなかったけれど、ここまでひどくはなかったと思う。ママがいうとおり、おっとりしていて甘えん坊な女の子だっただけ。そんな気がする。

きっかけは、受験した私立《しりつ》中学が一校も受からなかったから？　いく予定じゃなかった公立校に進学することになったから？　春休みのあいだにヤケ食いをしすぎて太ってしまったから？　合格《ごうかく》したらわたしも通うはずだった中学校に、片思《かたおも》いしていた遠野《とおの》くんが進学するって知ったから？

どれかひとつじゃないのかもしれない。全部が少しずつわたしを打ちのめしていって、もうなにもがんばりたくないっていう気持ちにしてしまったのかもしれない。

いっしょに暮《く》らしたことのないパパが、わたしに会いにくる日を減《へ》らすようになったころから、症状《しょうじょう》は出はじめていたような気もする。関係ない気もする。

原因《げんいん》なんて、いまとなってはどうでもいいことだ。わたしはもう、〈なんにもやりたくない病〉にかかってしまっている。

「志帆《しほ》ちゃん、ほら、着いたよ」

ママが、運転席からわたしをふりかえる。

前は絶対《ぜったい》に助手席だったけれど、いまは後部座席《ざせき》にしか座《すわ》らない。

「うーん」

「ほら、いこ。なんでも好きなもの買ってあげるから」

週末になるとママとふたりで車できて、何時間でも遊んでいられたショッピングモール。

どこまでもつづいている平面駐車場《ちゅうしゃじょう》と、それを見下ろす巨大《きょだい》な要塞《ようさい》のような建物は、目にしただけでわくわくして、車のドアを開ければそこはもう、夢《ゆめ》の娯楽施設《ごらくしせつ》でしかなかった。

いまは、広いだけでなんにもない場所だって感じてしまう。がんばって建物の中に入っても、ほしいと思うものはなにもないし、手にとりたいと思うものすらない。

「車でまってる」

「えー、いこうよ、ママひとりじゃさみしいよー」

「うーん……でも、いい」

「どうしても？」

「うん」

「……わかった。じゃあ、スーパーとドラッグストアだけ、ぱっといってきちゃう。冷房《れいぼう》とラジオ、つけたままにしとくから」

「はーい」

まだ六月だし、もう夕方なんだけど、外の空気はむしむししていた。クーラーをつけたままにしておいてもらえるのはありがたい。ラジオは別にどうでもいいけど。さっきから流れているのは、知らない外国の曲ばかりでつまんないやつだし。

「じゃあね、志帆《しほ》ちゃん。へんな人がのぞいてきたりしたら、すぐママに電話するんだよ。ドアは絶対《ぜったい》、開けちゃだめだからね？」

「だいじょうぶ」

「はい、じゃあ、いってきます」

保冷機能《ほれいきのう》のついたトート型《がた》のエコバッグを肩《かた》にかけて、ママが運転席からおりていく。ドアを閉《し》めて、ばいばい、と窓越《まどご》しに手をふるママに、ばいばい、とわたしも手をふりかえした。

きっとママも、わたしがこんなふうになっちゃってこまってるんだろうなって思う。思うんだけど、どうしてもやる気が出ない。座《すわ》っていられるなら、なるべく座っていたい。

本当は学校にも、いかなくていいならいきたくない。でも、いきたくないっていう気持ちをママに伝えるのは大変そうだな、とか、やっぱりまたいきたくなったときにすごく面倒《めんどう》そうだな、だったら、いやいやでもいっておくほうがまだマシなんじゃないかなって思うから、とりあえず登校はしている。

いつか学校にいくことすらできなくなってしまったら、わたしはもう、〈なんにもやりたくない病〉を自力で完治させることはできなくなるんだろうなって思う。そう思うと、わけもなく泣きそうになってしまう。

「それでは、また来週の土曜日、この時間に。シーユー○%&$」

ラジオから、番組の終わりを告《つ》げる声が聞こえてきた。車の時計で、時間をたしかめる。

午後四時五十四分。

シートに深くしずみこんで、窓《まど》のむこうの空を見上げた。

青にピンクが少し混《ま》ざって、雲が真珠《しんじゅ》みたいにとろりと光っている。小さな小さな飛行機が、夜になりかけの空を横切っていく。

ああ、飛行機はいいな。だれかが操縦《そうじゅう》してくれて、いくところも帰るところも決まっていて。自分はなんにもしなくても、あんなに遠いところを飛べている。機体の掃除《そうじ》もだれかがやってくれるし、収納庫《しゅうのうこ》にも、だれかが運んでくれる。

なれるものなら、わたしは飛行機になりたい。飛行機になって、真珠のような雲の中に飛びこんでいきたい。だれの操縦でもかまわない。ただ空を飛べればいい。こんな夕暮《ゆうぐ》れどきの、複雑《ふくざつ》な色合いの空を。

それができないのなら、このままずっと、ママの愛車・ムルティプラの後部座席《ざせき》に座《すわ》っていたい。なんにもしないで。

「今週もはじまりました、『放課後の放課後』、生徒のみなさん、お元気でしたか。皆《みな》吉黛生《よしたいせい》です」

「八十色類《やそいろるい》です」

「いやー、夏っぽくなってきましたね」

「空気がもう夏ですよね」

「むかしよりも早いよね、夏がくるのが」

「確実《かくじつ》に早いですね」


五時からのラジオ番組がはじまったらしい。

皆吉黛生は、知っている。俳優《はいゆう》なのにトークがおもしろい人、という印象《いんしょう》しかないけれど。出演作《しゅつえんさく》はたぶん、見たことがない。

八十色類は、まったく知らない人だ。俳優？　よく響《ひび》くいい声だから、声優《せいゆう》とか？

「類《るい》くんはあれですよね、ツアーがちょうど終わったばかりで」

「はい、終わりました。皆吉《みなよし》さん、わざわざ名古屋のライブにきてくださって」

「いきましたいきました。でね」

「そう、名古屋といえばの」

「トヨタ博物館。正確《せいかく》には名古屋じゃなくて、長久手《ながくて》なんですけど。いっしょにいっちゃいましたよね」

「いっしょにいったのは、二度目ですよね」

「前はあれ、冬でしたかね。二年前とか？」

「たぶん、おととしだったたと思います」

「今回もまー、楽しかった」

「楽しかったですね」

「何時間でもいられるって今回も思いました」

「泊《と》まれますよね」

「二泊《はく》三日《か》くらいで」

「車の博物館っていうのがあるんですよ、愛知県の長久手市に」

「もうね、われわれのようなヤングタイマー好き、旧車《きゅうしゃ》好きにはたまらない博物館なんです、これが」

「旧車《きゅうしゃ》の基本《きほん》といってしまっても過言《かごん》ではない２０００ＧＴやヨタハチはもちろん、カローラ、セリカ……われわれにとってのオールスターがせいぞろいでしたね。あとはね、キャバリエ！　なんとかして手に入れて、キャバリエも展示《てんじ》してほしい！」

「当時の貿易摩擦《ぼうえきまさつ》の影響《えいきょう》をまともに受けて作られた、トヨタ版《ばん》のシボレー・キャバリエのことですね。ずっといってるよね、皆吉《みなよし》さん。キャバリエが見たい、キャバリエが見たいって」

「見ないでしょ？　キャバリエなんて。街中では」

「見ませんねえ」

「トヨタ博物館にがんばってもらうしかないのよ、もう」


なんの興味《きょうみ》もわかない話題だ。ヤングタイマー？　きゅうしゃ？　なにそれ、聞いたこともない。

曲が流れてきた。これも耳にしたことのない知らない曲。でも、ちょっといい。不思議なメロディ……声？　演奏《えんそう》？　なにが不思議に感じる要素《ようそ》なのかよくわからない。歌詞《かし》もなんかへん。月曜日、ひとりぼっちだったぼくが、火曜日、女の人とバスで出会う。女の人の名前はマリー。ふたりはいっしょに過《す》ごすようになる。水曜日、木曜日、金曜日、土曜日。そして、日曜日、マリーの電話は通じなくなっている——。曲が終わると、曲名が紹介《しょうかい》された。ムーンライダーズの『青空のマリー』だって。

むかしの歌らしいのが、ちょっと意外。すごく新しい歌に聴《き》こえたから。またおしゃべりにもどってしまった。学生時代がどうのこうのいってる。どっちの人見知りのほうがひどかったかとか。すっかりまた興味《きょうみ》がなくなった。パーカのおなかのポケットに入れてきたスマートフォンをとりだそうかと思ったけれど、すぐに、別にいいかってなってしまう。わたしはもう、みんなの必需品《ひつじゅひん》・スマホにすら、気持ちを寄《よ》せることができなくなっている。

末期だ。

わたしの〈なんにもやりたくない病〉は、まちがいなく末期にむかっている。

「——で、そのフィアットのムルティプラがですね、交差点のほぼど真ん中で止まっちゃったんです」

……えっ？　いま、ムルティプラっていった？　それってわたしがいま乗ってる車のことだよ？

すっかり聴《き》く気《き》をなくしていたラジオに、わたしは耳をすましました。

「故障《こしょう》が少ないっていわれている車種もあったりはしますけど、輸入車《ゆにゅうしゃ》はねー、いきなり動かなくなっちゃうことって、まあ、ありますから」

「ですよね。で、どうなったんですか、その皆吉《みなよし》さんの前を走ってたムルティプラは」

「運転してたのが女性《じょせい》でね、おろおろしてるのがわかるわけですよ。ちなみに、そのときわたしが乗ってたのは、日産のセドリックで――ってそれは別に話に関係なくて、いいたかったからいっただけなんですけど、自分の車はいったん路肩《ろかた》に寄《よ》せて、声かけにいきました。押《お》しますから、路肩に寄せましょうって」

「いい人だ」

「時代もあるんでしょうけどね。むかしはわりと、そういうことふつうにやってた印《いん》象《しょう》があるんで」

「そうかもしれないですね」

「そうこうしてたら、わたしのほかにも何人か走ってきてくれて、せーので押して、あっというまに路肩《ろかた》に移動《いどう》させることができましてね。しばらくわいわい、ムルティプラなんて路上ではじめて見ましたよーとかいいながら、立ち話したりもして」

「珍車《ちんしゃ》や旧車《きゅうしゃ》って、そういうとこありますよね」

「そうなの、見知らぬ人同士《どうし》の輪を作らせちゃう」

「どんな話になるかと思ったら」

「ただのいい話でした」


運転席のドアが、いきなり開いた。

「わっ」

びっくりして、つい大きな声が出てしまった。

「やだ、びっくりした。どうしたの、なんでそんなにおどろいたの？」

「ねえ、ママ！　いまね、ラジオでムルティプラの話してた！」

「えっ、そうなの？　なんて？」

「交差点の真ん中で止まっちゃってたのを見かけて、助けてあげたっていってた」

「うそ、ママもあるよ、助けてもらったこと」

「えーっ、いつ？　どんなふうに？」

「うーんとね、ママがまだ東京にいたころで、妊娠《にんしん》がわかるちょっと前だったから、十四、五年くらい前になるのかな？　たまたま駐車場《ちゅうしゃじょう》つきのマンションに住むことになって、だったら車もとうかなと思って、憧《あこが》れだったムルティプラを買ったのね」

「そんなむかしから乗ってたの？　この車」

「そうよー、大事に大事に乗ってきたのよー。で、三軒茶屋《さんげんぢゃや》の交差点……っていってても志帆《しほ》ちゃんにはわかんないか。けっこうな交通量のスクランブル交差点で、青信号になって走りだそうとした瞬間《しゅんかん》、動かなくなっちゃって」

「さっき話してた話に似《に》てる」

「そうなの？　それでね、どうしようどうしようっておたおたしてたら、若《わか》い男の人が運転席の窓《まど》、こんこんってしてきて、『押《お》しますんで、路肩《ろかた》に動かしましょう』って」

「ママ！」

「えっ、なに？　なになになに？」

「それ！　その話、俳優《はいゆう》の人がしてたよ、いま」

「ムルティプラを押して動かしたって？」

「何人かほかの人も手伝《てつだ》ってくれた？」

「三人か四人くらい、駆《か》けよってきてくれて、その若《わか》い男の人といっしょに、せーのって押《お》してくれた」

「まちがいない。ママの話だったんだ、あれ」

「そうなのかなあ、古い車に乗ってる人って、わりとそういう経験《けいけん》してるとは思うけど」

「絶対《ぜったい》、ママの話だってば！」

「お聴《き》きいただいたのは、クレイジーケンバンドの『タイガー&ドラゴン』でした」

「旧車《きゅうしゃ》つながりでね」

「そうそう、剣《けん》さんも旧車好きで有名な方だから」


「ほら、この人！　皆吉黛生《みなよしたいせい》！」

「皆吉黛生？　けっこう好きよ、ママ。『探偵《たんてい》の弟』だっけ、ほら、何年か前にやってたドラマ。あれですっごくへんな刑事《けいじ》の役やってたの、覚えてない？　おもしろかったなー、あのドラマ」

そんなドラマを見た記憶《きおく》はない。

「顔に見覚えあるなって思ったりとか」

「えー？　皆吉黛生《みなよしたいせい》でしょ？　見たらわかると思うけどなあ。あー、でも、そっか、十五年くらい前だとまだ有名じゃなかったのか」

車を発進させながら、ママが、うふふ、と笑う。

「なんかうれしくなっちゃった」

「……なにが？」

「うーん？　なんだろね」

バックミラーの中で、ママと目があう。

わかってるよ、ママ。

わたしがひさしぶりにママとたくさんしゃべったのがうれしかったんでしょ？

最近はママが話しかけてきても、うんとか、ううんとか、どっちでもいいよ、くらいしか答えてなかったもんね。

ラジオでは、ママが若《わか》いころに遭遇《そうぐう》したかもしれない皆吉黛生が、自分の高校受験のときの話をしていた。

もうひとりの八十色類《やそいろるい》は、聞き役に回っていることが多くて、自分の話はあまりしていない。

皆吉黛生《みなよしたいせい》と八十色類。

うちに帰ったら、ちょっと検索《けんさく》してみよう。このラジオ番組の過去《かこ》の放送分も、さがしてみよう。

ひさしぶりになにかを、〈してみよう〉って思えた気がする。

ママがいっていた『探偵《たんてい》の弟』が、ママの契約《けいやく》している配信サービスで観《み》られることがわかった。

皆吉黛生のことは、さんざん調べてプロフィールとかエピソードにはくわしくなったのに、出演《しゅつえん》しているドラマや映画《えいが》は、まだ観たことがなかった。

観たいとお願いしたら、ママがテレビの画面で観られるようにしてくれた。夕食のあと、ママといっしょに一話ずつ観るようになって、今夜が五話目。

主人公は探偵の弟で、じつは探偵の推理《すいり》は全部、この高校生の弟のもの。兄思いの弟が、こっそりヒントをあたえている。皆吉黛生が演じているのは、本当のことを知っているようで知らないような捜査《そうさ》一課の刑事《けいじ》。兄の友人でもある。

本当は知ってるんだろうな、と思わせるときもあれば、本当は知らないのかも、と首をひねってしまうときもある。そのさじ加減《かげん》が、すごくおもしろい。

五話目ではとうとう、探偵《たんてい》の兄は本当は無能《むのう》だったことが、捜査会議の場でバレそうになる。その窮地《きゅうち》を、皆吉黛生《みなよしたいせい》演《えん》じる刑事が救《すく》うシーンがあった。

相棒《あいぼう》の後輩《こうはい》刑事と、いきなりM－1出場のていで漫才風《まんざいふう》に事件《じけん》の報告《ほうこく》をしはじめることで、なんとなくうやむやにしてしまうのだ。やっぱり知ってたんだ、とわかってちょっと感動もするんだけど、おかしさのほうが勝《まさ》ってしまって、とにかく笑った。ママなんて、笑いすぎて鼻からぶたの鳴き声みたいな音まで出してたくらい。

わたしはすっかり、皆吉黛生のファンになっていたし、正直にいうと、あれこれ調べているうちに、八十色類《やそいろるい》のことも好きになっていた。ファンとしてではなく、遠野《とおの》くんの次に好きになった人として。

とくに心臓《しんぞう》を射《い》ぬかれたようになったのが、《ザ・ガード》時代のライブ映像《えいぞう》だ。解散《かいさん》する予兆なんてかけらもなかったころの。

黒のタイトなスーツに、黒いTシャツ。足もとも黒のコンバースで、髪《かみ》だけが白髪《しらが》に近いシルバー。目尻《めじり》には、赤いライン。

ソロになってからの八十色類《やそいろるい》は、黒っぽい服装《ふくそう》はそのままで、髪色《かみいろ》が黒になって、目尻《めじり》の赤いラインも消えてしまったから、ぱっと見の印象《いんしょう》はもう、ただの〈黒一色の人〉だ。

いまも細いけれど、〈黒一色の人〉になる前の八十色類はもっと細くて、折れそうな体を苦しげに折りまげて、のどをだれかに絞《し》められているような声で歌っていた。

なにがあったんだろう、八十色類に。

どんな理由で、ただの〈黒一色の人〉になったんだろう。

わたしはくりかえし、《ザ・ガード》時代のライブ映像《えいぞう》を観《み》た。くりかえし、八十色類の歌を聴《き》いた。

とくに何度もリピートしたのは、どこかにいきたいけれど、いきたいところがどこにもない、という歌のところだ。その曲が終わるとまたイントロの部分にもどり、終わるとまたもどった。

ああ、この人にも、〈なんにもやりたくない病〉だったときがきっとあるんだ。そう思った。

どこにもいけない、どこかにいきたい、いつもだれかをまっているような気がする——叫《さけ》び声《ごえ》のような、八十色類の歌声。

わたしはとうとう、〈やりたいこと〉を見つけた。


「では、今週もいきましょうか。『ヤングタイマーズのお悩《なや》み相談室』、メッセージ、たくさんいただいております」

「そういえば、類《るい》くんって高校は男子校だったよね？」

「突然《とつぜん》ですね。はい、男子校でした」

「いや、さっきスタッフの方と、高校はどっちでしたかって話になって、意外と男子校、女子校の方が多かったんで、へーっと思って」

「皆吉《みなよし》さんは共学でしたよね？」

「わたしは共学でした。女子のみなさんに興味《きょうみ》が出てからの共学は、うれしいのか苦しいのかって感じでしたけど」

「どういう意味で？」

「好きな子ができればうれしいし楽しいんだけど、ほかの男子としゃべってるところを見かけると、それだけで胸《むね》がつぶれそうになる的な意味で」

「あー……」

「あー……じゃないよ、類《るい》くんにはなかったかもしれないけど、そういう経験《けいけん》は」

「ありますよ、ふつうに」

「ほんとに？　恋愛的《れんあいてき》にはクール男子だったんじゃないの？　生徒さん時代のきみは」

「そんなことないですよ、中学は共学でしたから。好きな子の家、こっそり見にいったりしましたよ」

「こわ！　あまずっぱ！」

「ピンポンダッシュしちゃおうかな、とか。部屋着で出てきてくれるかも、みたいな」

「類くんにもそんな時代が」

「ありましたねえ」

「では、メッセージのほう、読ませていただきましょうか。ラジオネーム・あなたの嘘《うそ》さん、中学一年生の生徒さんです。あれ？　あなたの嘘って……」

「はい、ぼくのアルバムの曲ですね」

「じゃあ、類くんのファンの生徒さんだ。ごめんなさいね、今週はわたしが担当《たんとう》なんです。呪《のろ》っていいですからね、わたしのこと。

【皆吉《みなよし》さん、八十色《やそいろ》さん、はじめまして。わたしは中学一年生の〈生徒さん〉です。おふたりがこの番組のリスナーを生徒さんって呼《よ》んでいるのを知ってから、ふだん耳にする〈生徒さん〉にも反応《はんのう》するようになりました。ちょっと楽しいです。

わたしの悩《なや》みは、少し前までかかっていた病気のせいで、友だちと距離《きょり》ができてしまったことです。病気の名前は、〈なんにもやりたくない病〉です。もらったメッセージに返事をしなかったり、遊びにいこうと誘《さそ》ってもらっても断《ことわ》ってばかりいました。いちおう、休み時間なんかはいまもいっしょにいてもらっているけれど、友だちって呼ぶのは図々《ずうずう》しい気もしています。

わたしのママも、友だちがあまりいません。パパとも、結婚《けっこん》する前に別れてしまいました。わたしもママみたいになっちゃうのかな、と思うと、少しこわいです。

ちなみにわたしのママは、先週、皆吉さんがお話しされていたムルティプラに、わたしが生まれる前から乗っています】

やだ、ムルティプラに乗ってらっしゃるの？　あなたの嘘《うそ》さんのお母さま。かっこいいなあ」

「かっこいいですねえ。あなたの嘘《うそ》さんがいま中一ってことは、少なくとも十三年以上は乗りつづけてるってことですよね」

「エンスーさんだ」

「まちがいないですね」

「いろいろなことにこだわりの強い方だと思うんですよ、あなたの嘘さんのお母さまは」

「ですよね」

「だから、友だちがいないっていうよりは、好んでおひとりでいらっしゃるんじゃないのかしらと」

「そんな気がしますすね」

「お父さまとも、結婚《けっこん》する前にお別れになっているとのことでしたけど、なにかどうしても相容《あいい》れないものがあって、たとえ身ごもっていてもそこはゆずれない、ということで、すぱっとお別れになったんじゃないかと思うんですよ」

「うん」

「ムルティプラに乗ってらっしゃるっていう情報《じょうほう》だけで、想像《そうぞう》を広げてお話ししていますけれども。ムルティプラってね、すごくクセの強い車なんですよ。世界一、醜《みにく》い車なんていわれたりもしていて。デザインが唯一無二《ゆいいつむに》って感じでね」

「なぜか前列に三人座《すわ》れるようになってたり」

「座れちゃう。そんなところもふくめて、めちゃくちゃクセが強い。そういう車に長年乗ってらっしゃるっていうことは、適当《てきとう》になにかを選んだりされない方だろうなって思うわけです」

「なかなかいませんよね、女性《じょせい》でムルティプラ乗ってらっしゃる方」

「いないよね……っていうか、あれ？　もしかしてこのお母さま、先週の話の方だったりしない？」

「え？　ですかね？」

「だってお子さんが生まれる前から乗ってらっしゃって、いま十三歳《さい》のお子さんがいらっしゃるってなると、わたしが遭遇《そうぐう》した女性であってもおかしくない年齢《ねんれい》の方になりますよね」

「なる？……あー、なりますすね」

「もしものもしも、あのときの女性があなたの嘘《うそ》さんのお母さまだったとして、十数年のときを経《へ》てそのお嬢《じょう》さまが、偶然《ぐうぜん》にもわたしが関わっている番組にメッセージをくださっているというのは、なんていうか……」

「なんていうか？」

「関わっておいてよかったな、と」

「『あ、故障《こしょう》してる、大変そうだな』じゃなく。わざわざ自分の車からおりて」

「なんか自然に体が動いちゃった的にね。そうやってむかしなんとなくしたことが、ある日いきなり、意味をもっちゃうこともある」

「タイムカプセルみたいに」

「そう！　まさに、埋《う》めたことも忘《わす》れてたタイムカプセルが、十数年後にいきなり、『この日にお届《とど》けすることになっていました』って配送されてくる」

「こともある、と」

「しょっちゅうじゃないですけどね。ただ、関わったことが多ければ多いほど、届くタイムカプセルの数はふえるよね」

「確率的《かくりつてき》にね」

「なんかこれ、あなたの嘘《うそ》さんのお悩《なや》みのお答えにもなるんじゃないかと思うんですけど」

「なりますか？」

「あなたの嘘《うそ》さんはいま、お友だちと距離《きょり》ができてしまってるんですよね。でも、その原因《げんいん》は、〈なんにもやりたくない病〉にかかっていたからだと、ご自分でちゃんとわかってらっしゃる。しかも、過去形《かこけい》ということは、〈なんにもやりたくない病〉は回復《かいふく》の兆《きざ》しを見せているわけですよね」

「そうなりますすね」

「なんにもやりたくなかったから、やらなかった。その結果、お友だちとの関係がぎくしゃくしてしまった。なんにもやりたくないときは、だれにだってありますよ。ただ、それが相手のあることに関してだと、のちのち関係が悪くなるっていう結果がともなう。そのことを、あなたの嘘さんはまだよくわかっていないときに、〈なんにもやりたくない病〉にかかってしまったんじゃないでしょうか」

「なんかよくないことしてるな、とわかってはいても、まさかそこまでひどいことをしてたとは、みたいなことってありますしね」

「ありますよ、うん。おとなになってからもありますから。いまはね、おつらいと思うんです。学校にいけば、かならず顔をあわせるんですもん。でもね、これまた時間を経《へ》て、この体験がタイムカプセルになってあなたの嘘さんのところにもどってくる可能性《かのうせい》は、あると思うんです」

「ありますかね」

「メッセージの返事をしなかった、誘《さそ》われても遊びにいかなかった、という形で、あなたの嘘《うそ》さんは、ちゃんと関わったんです。そのお友だちに。でも、いい関わり方じゃなかった。その結果、ぎくしゃくした。今回の経験《けいけん》は、のちのちあなたの嘘さんにとって、意味をもつかもしれない」

「たとえば？」

「たとえば今回のことで、メッセージの返事をしないとこうなるんだ、ということを知ったあなたの嘘さんが、これからは、ちょっとくらい面倒《めんどう》でもメッセージの返事だけはするようになったとします。そうしているうちに、すごく大切なお友だちができたとする。いつかおとなになったとき、ああ、あの〈なんにもやりたくない病〉のせいでつらい思いもしたけれど、あそこで気持ちが切りかわったおかげで、いまはこんな素敵《すてき》な友だちがいるんだな、と思うかもしれない」

「イッツタイムカプセルですね」

「イッツタイムカプセルです。あとね、あなたの嘘さんは、自分もいつかお母さんみたいになるんじゃないかって心配されてますけど、自分の意志《いし》でムルティプラに乗りつづけるような方は、わたしたちからすれば魅力《みりょく》のかたまりですから」

「ベンツに乗ってる女性《じょせい》をかっこいいと思う人もいれば、ムルティプラを選ぶのが素《す》敵《てき》だと感じるぼくたちもいる」

「そう、あなたの嘘《うそ》さんがもし、お母さまのムルティプラを乗りつぎたいと思うような女性になられたとしたら、それってわたしたちからすれば最高でしかありませんからね」

「永遠《えいえん》に語りつづけますよね、夢《ゆめ》のような話がありましてねって」

「つまりはですね、あなたの嘘さんはどんな女性になったっていいんですよ。お母さまみたいになったっていい。ならなくたっていい。ベンツに乗る女性になったとしたら、そういう女性が好きな人との縁《えん》が、ムルティプラだったら、わたしたちみたいなのとの縁ができやすくなる。そのちがいだけです」


「最高でしかありません、だって」

笑いながらママが、わたしの腕《うで》をひじでつついてきた。

わたしはまだびっくりしていて、口をぽかんと開けたままだ。

だって、出したばかりだったお悩《なや》み相談のメッセージが採用《さいよう》されただけでもびっく

りだったのに、わたしがようやく見つけた〈やりたいこと〉を、最高でしかないって
いってもらえたんだから。
土曜日の五時からのラジオが聴《き》きたいから、オンエア中に車に乗っていられるよう
にどこかつれてって、とお願いしたとき。
思いきって、ママにも話しておいた。
わたしがおとなになるまで、ムルティプラに乗っててねって。わたし、乗るからっ
て。

そう、わたしの〈やりたいこと〉は、ママのムルティプラをゆずり受けて、エン
スーさんって呼《よ》ばれるようなおとなになること。
ひらめいた！　みたいな感じで、思いついてしまった。そうだ、そうしようって。
ママは、わかった、がんばって維持《いじ》する！　っていってくれて、そして、いまは東
京方面にむかってムルティプラを走らせている。わたしを助手席に乗せて。
ひさしぶりに、助手席に座《すわ》った。ムルティプラの運転席と助手席のあいだには、も
うひとつシートがある。座ろうと思えば、三人でも座れるこの前列シートに、パパが
いたことはない。
いつだって、ママとわたしのふたりだけ。どこにいくときも、ふたりだけだった。

広々《ひろびろ》していいじゃん。はじめて、そんなことを思った。

三軒茶屋《さんげんぢゃや》の交差点を見せてもらったあとは、おいしいメキシコ料理屋さんでごはんを食べることになっている。

高速に乗ってすぐ『放課後の放課後』がはじまって、いくつか知らない曲を聴《き》いた。古い歌謡曲《かようきょく》だったり、マイナーな外国のロックだったり。

わたしの知らないむかしの歌を、ママはいっしょに口ずさんで、「好きだったなあ、この曲」ってつぶやくようにいった。それがすごくかっこよくて、知っている曲を、わたしもたくさん貯《た》めておこうって思った。

『ヤングタイマーズのお悩《なや》み相談室』でわたしのメッセージが読まれはじめると、ママは鼻歌もおしゃべりもぴたりとやめて、「最高でしかありません、だって」っていいながらひじでつついてくるまで、ひとこともしゃべらなかった。

「……志帆《しほ》ちゃんがこの車を乗りたいっていいだしたすぐあとに、それって最高でしかない、なんていってもらえるなんてね。なんだろ、これ。ママへのごほうび？」

そんなのがごほうび？　っていいたかったのに、うまく声にならなかった。声を出したら、泣いてしまいそうだったから。

こんなことがママにとってはごほうびになるくらい、わたしの最近の態度《たいど》は、ママを悲しませてたんだなって思ったら、たまらなくなってしまったから。

お悩《なや》み相談にメッセージを送ったときは、先週の話が自分のママのことかもしれないってことをただ伝えたいだけだった。〈なんにもやりたくない病〉のことや、ママみたいになっちゃったらどうしようっていう気持ちは、メッセージを送るために必要だから書いただけ。

それなのに、実際《じっさい》に言葉にしてみたら、ああ、そっかってなった。わたし、本当は悩んでたんだって。なんとかしなくちゃ、と思ってたんだって。

ふたりが教えてくれたタイムカプセルがわたしに届《とど》くのは、きっと遠い未来のことだ。あしたや来週のことじゃない。

それでも、あしたからのわたしはもう――。


「それでは今週はこのへんで」

「また来週の放課後、集まりましょう」

「ばいばーい」

運転中なのに手までふって、皆吉《みなよし》黛生《たいせい》の「ばいばーい」に、ママも「ばいばーい」ってこたえている。

わたしも、心の中でふたりにむかって手をふった。また来週の土曜日、楽しみにまってますっていいながら。

ママにお願いしなくちゃ。

来週の土曜日の夕方も、ママのムルティプラでどこかにつれていってねって。

ラジオネーム 黒りんご

中学二年生

妹の遥香《はるか》は、わたしが三歳《さい》のときに生まれた。すごくいやだったのを覚えている。

つきあいはじめて二か月になる松村《まつむら》くんは、「オレも！」といってくれた。

同じく三歳ちがいの弟が松村家に生まれたとき、お母さんがすごく大変そうだったから、というのがその理由みたい。お母さんがかわいそうで、弟なんか生まれてこなければよかったのにって思ったたって。

そんな弟くんとも、いまではすっかり仲よくなった、というところまで話を聞いて、わたしはすっかりがっかりしてしまった。自分とは、なにもかもがちがいすぎる。

わたしは、パパとママにとって自分がいちばんじゃなくなったのがいやだっただけ。

香織《かおり》はおねえちゃんになるんだよってママにいわれたときから、わたしはもう予感していた。これからはその子が、うちの中心になるんだって。それが、すごくすごくいやだった。

そのころのパパとママは、わたしのことがなによりも、だれよりも大切な人たちだった。そうじゃなくなってしまうことが、とにかくいやだった。

幼《おさな》なじみのゆうちゃんは、「三歳《さい》のころに考えてたことなんて覚えてないよー」っていう。

うらやましい。わたしはなんでも覚えている。もともと気に入らなかった遥香《はるか》を、どんなふうにきらいになっていったかも。遥香をかわいがらなかったことで、どれだけママから注意されつづけたかも。なにもかも、忘《わす》れていない。覚えている。


ファストフードのふたりがけ用テーブルのむこうにいるゆうちゃんが、窓《まど》の外を指さしながらいう。

「ねえ、香織《かおり》、あれって松村《まつむら》くんじゃない？」

ゆうちゃんが指先をむけているあたりに、わたしも目をやる。

商店街の入り口にある《和菓子《わがし》のあさだ》の前で、むかいあってしゃべっている制《せい》服姿《ふくすがた》の男子と女子。

男子のほうは、まちがいなく松村《まつむら》くんだった。女子は、うちの学年じゃなさそうだってことくらいしかわからない。たぶん、一年生。そういえば、あんな感じの子と立ち話をしている松村くんを、校内でも見かけたことがある気がしてきた。委員会とかで、いっしょなのかもしれない。

「はー……」

深くて長いため息をついたわたしに、ゆうちゃんは、ぎょっとした顔をしている。

「まさか香織《かおり》、また別れる気じゃないよね？」

「え、別れるよ？　だって、あの顔見てよ。完全にうれしそうじゃん」

「まってまって、たまたま知ってる子と駅前でばったり遭遇《そうぐう》して、うれしそうにしてるだけかもしれないし」

「うれしそうにしてるのは、ゆうちゃんから見てもまちがいないでしょ？　だったら、もう無理」

「無理って……岡田《おかだ》くんのときもそうだったじゃん、香織。同じ部活の子といっしょに帰ったって聞いただけで、別れちゃったんだよね？」

「そうだよ？」

わたしの気持ちは、もう決まっていた。だって、彼氏《かれし》くらいはわたしだけを好きな人がいい。わたしだけが大切で、ほかの人なんてどうでもいいって思ってる。そのくらいが、わたしにはちょうどいい。

今度はゆうちゃんが、はー、とため息をついた。

「まあ、いいけどさ……香織《かおり》がそうしたいんだったら」

ゆうちゃんには、きっとわからない。

自分だけを大切に思われたいわたしの気持ちなんて。

だって、ゆうちゃんはひとりっこだもの。おばさんとは友だちみたいに、おじさんとは恋人《こいびと》みたいに仲がいい。三人で輪になって踊《おど》っているような家族の一員なんだもの。

うちはちがう。

遙香《はるか》が中心。そのまわりを、パパとママがふたりで手をつないでくるくる回っている。わたしは、くるくる回るパパとママ、その中心にいる遙香を、少しはなれたところから眺《なが》めている。

いまでもときどき、香織もおいでよ、いっしょに回ろうよって誘《さそ》われるけれど、絶《ぜっ》対《たい》に加わらない。パパとママだけで回りなよって。

遙香がそこにいるかぎり、わたしは加わらない。ママはずいぶん前から、そんなわたしの気持ちには気がついていて、最近は誘《さそ》ってくることもかなり減《へ》った。香織《かおり》は香織で、好きなようにすればいいって思っているのが伝わってくる。誘っても誘っても断《ことわ》られるから、つかれちゃったのかも。

わたしだってつかれてるよ、こんな自分に。

こんな子になりたかったわけじゃない。

わたしはただ……。

松村《まつむら》くんが教えてくれたラジオ番組を、聴《き》いてみることにした。

土曜日の夕方五時なら、自分の部屋にいることがほとんどだ。家族みんなで外食するときもあるけれど、五時ならまだ出かけない。

松村くんは、《ザ・ガード》っていうバンドの大ファンだったらしくて、解散《かいさん》してソロになったヴォーカルの人、八十色類《やそいろるい》の曲も大好きみたい。

何度かオススメの曲を教えてもらったけれど、あとでYouTubeで聴いたりはしなかった。興味《きょうみ》がなかったから。

どうしてきょうになって急に、その八十色類がパーソナリティーをやっているラジオ番組を聴《き》いてみる気になったのかは、自分でもよくわからなかった。

月曜日になったら、松村《まつむら》くんと別れるつもりだから？　そうなのかもしれない。やさしい態度《たいど》だけが取《と》り柄《え》のようなあの男の子が好きな人の声を、最後に一度くらいは聴いてみようって思ったのかもしれない。

ラジオが聴けるアプリを、はじめてスマートフォンにダウンロードしてみた。ポッドキャストはたまに聴くけど、ラジオはこれがはじめてだ。

スマホでもちゃんと聴けるのかな？　と思いながら、『放課後の放課後』が聴けるよう準備《じゅんび》を整えて、五時になるのをベッドの上でまった。


「今週も集まってくれてありがとうございます、生徒のみなさん。皆吉黛生《みなよしたいせい》です」

「八十《やそ》色類《いろるい》です」

「着るものに悩《なや》む季節になってきましたね。きょうのわたし、服装《ふくそう》これであってます？」

「さすがに薄着《うすぎ》すぎませんか？」

「やっぱり？　一枚上《まい》に重ねるかどうか、めちゃくちゃ悩《なや》んだんですけどね」

「皆吉《みなよし》さんはいま、ラグランスリーブの七分袖《しちぶそで》のカットソー一枚です」

「上はね」

「下はデニムですね、濃《こ》い黒の」

「下もちゃんといってくれないと。ラジオだと上だけ着てる人になっちゃうから。ちなみに類《るい》くんは、だぼっとした白い襟《えり》つきのシャツに、同じくらいだぼっとした黒のカーディガンを、だらっとはおってる感じですね」

「上はね」

「下は……あ、かぶってる。黒いデニムですね。細身の」

「下だけペアルック」

「ペアルックって」

「死語？」

「じゃない？」

「カーディガンはカーディガン？」

「たぶん。あ、ちがういい方もある？　なになに？　え？　はおり？　知ってますよ、そういういい方があることくらい！　名称《めいしょう》、名称！　スパッツがレギンスになったみたいな、そういうやつ」

「ブースのむこうの人たちも、わかんないって顔してますね」

「じゃあ、ないんだ。ないということにして、では、今週もだらだらおしゃべりしていきましょう」

「まずは、この曲から」


流れてきたのは、英語の歌だった。

悲しげなメロディにも、ささやくように歌う女性《じょせい》の声にも、まるで聴《き》き覚《おぼ》えはなかった。なのに、なんだかなつかしい。生まれ変わりがあるとしたら、二回くらい前の人生で聴いたことがあるのかもしれない。


「スザンヌ・ヴェガの『ルカ』でした」

「これまたなつかしい曲を選びましたね。類《るい》くんの歳《とし》だと、リアルタイムでは聴いたことなくない？」

「皆吉《みなよし》さんだって発売当時、小学生とかだったでしょ？」

「そうなのかなあ、音源《おんげん》はいつごろ発表されてるんだろ……あ、一九八七年発売だって。小学生でもなかった」

「虐待《ぎゃくたい》について歌っている曲なんですよね」

「児童虐待というものが、はじめて歌詞《かし》にはっきり書かれた歌として有名な」

「センセーショナルな曲としてヒットしたみたいですね、当時は」

「なにも知らずに聴《き》くと、ちょっときゅんとくる感じの曲なのにね。車でいったらペパーミントグリーンのチンクエチェントに似合《にあ》いそう、みたいな」

「まさにぼく、それでした。高校のときつきあってた女の子から借りて、いい曲だなあ、ルカっていう子に恋《こい》してる歌なのかなって思って聴いてたら、虐待されてる子の歌だったっていう」

「ある意味、すごく過激《かげき》な」

「やさしい声でおだやかに歌ってるのに、この歌詞っていう意外性《いがいせい》が」

「かっこいいよね」

「すごくかっこいい歌です。さて、それではきょうも、『こんな校則《こうそく》、まだありますʼ』のコーナーからいきましょうか」

ベッドからおりて、机《つくえ》の前にいく。

開きっぱなしにしてあったノートのはしに、すざんぬべが、るか、と書きとめておいた。あとで検索《けんさく》してちゃんと歌詞《かし》を読んでみようって思ったから。

虐待《ぎゃくたい》のニュースを見るたびに、思うことがある。わたし、わがまま過《す》ぎるんじゃないのかなって。

パパとママの作る輪の中心にいるのが自分じゃなくて、妹の遙香《はるか》だからって、こんなに長いあいだふてくされて、いつもいつも不機嫌《ふきげん》そうで、やさしくしてもらってもそっけない態度《たいど》ばかりとって。

こんな子、パパとママがどんなに愛情《あいじょう》あふれるいい両親だったとしても、かわいがる気持ちもなくなっちゃうよね。

わかってる。世の中には親から暴力《ぼうりょく》をふるわれたり、ごはんも食べさせてもらえない子だっているのにって。わかってはいるけれど、自分ではどうしようもない。

遙香が生まれる前にはもどれない。

どうしたって、もどれない。


「別れたいって、どういうこと？」

松村《まつむら》くんが、当然のように理由をきいてきた。

屋上への扉《とびら》がある踊《おど》り場《ば》のひとつ下、うちの学年では〈告白場《こくはくば》〉って呼《よ》ばれてるところに、松村くんとむかいあって立っている。

松村くんは、怒《おこ》ってはいないように見える。ただ、おどろいてるだけって感じ。ひさしぶりにちゃんと、松村くんの顔を見た気がした。こんなに目尻《めじり》がきゅっとあがってたっけ。なんだか知らない人みたい。

かっこいいっていってる子もいるみたいだけど、わたしは松村くんをかっこいいと思ったことはない。わたしを好きで好きでしょうがない顔でこっちを見る人。それ以外の印象《いんしょう》を、松村くんにもったことがなかった。

この人なら、わたし以外はどうでもいいって思ってくれるかもしれない。わたしだけが世界の中心で、ほかのことには興味《きょうみ》もない人のまま、そばにいてくれるかもしれない。だったら、と思ってつきあいはじめた。

別の女の子とうれしそうに立ち話をするような人なら、わたしはもういらない。

こんな気持ちをどう説明すればいいのかわからなくて、わたしはたったひとこと、

「ごめんね」とだけいった。好きじゃなくなっちゃったんだ、という顔をしながら。

じゃあ、と先に階段《かいだん》をおりはじめたわたしを、松村《まつむら》くんは呼《よ》びとめなかった。はい、おしまい。これで松村くんとの彼氏彼女《かれしかのじょ》の関係は終わった。ちがう人を、またまとう。岡田《おかだ》くんと別れたあとのように。

わたしを好きだといってくれる男子は、一年にひとりくらいはあらわれる。きっとまた、だれかがわたしを好きだといってくれるはずだ。

わたしが相手を好きかどうかなんて、関係ない。わたしのことを好きかどうか。それだけが、わたしがだれかの彼女になる理由。

「おまたせー」

階段の下でまってくれていたゆうちゃんの腕《うで》に、自分の腕をからめる。

「いえたの？　ちゃんと」

「いえたよ、別れたいって」

「納得《なっとく》してた？」

「たぶんね」

わたしはゆうちゃんに、なんでも話している。だけど、ただひとつ、ないしょにしていることがある。

ゆうちゃんには、友だちが多い。中学でハンドボール部に入ってから、一気にふえた。それだけじゃない。もしかしたらわたしよりも仲いいのかも、と思ってしまうくらい親しくしている子たちが何人もいる。

彼女《かのじょ》たちのことを、わたしはほとんど憎《にく》しみに近い気持ちできらっているのだけど、そのことをゆうちゃんには話していない。

そんなことを話したら、引かれるだけだってわかっているから。

わたしの親友は、ゆうちゃんだけだ。ただの友だちならほかにもいるけれど、なんでも話せて、なんでも聞いてほしくなる友だちは、ゆうちゃんしかいない。

ゆうちゃんにも、本当はそうなってほしい。わたしだけが、特別な友だちになりたい。

そう、わたしは友だちにも求めてしまっている。彼氏《かれし》にだけじゃない。ゆうちゃんにも、わたしだけを大切にしてもらいたい。

ハンドボール部なんて、入らないでほしかった。できることならいまからでも辞《や》めてもらいたいくらいだ。ケガとかすればいいのに、と思ったことだってある。

こんなの性格《せいかく》悪すぎるよね。自分は相手のことを大切に思えていないのに、むこうからは特別あつかいされたいだなんて。わがままを通りこして、性格が破綻《はたん》している。まるで、映画《えいが》や小説に出てくるサイコパスみたいだ。

わたしは、おかしい。

すごくすごく、おかしい。

……遙香《はるか》のせいだ。

わたしがこんなふうになってしまったのも、全部全部、遙香のせい。

あの子が悪い。

なにもかも、遙香のせい……。


「さて、それではいきましょうか。『ヤングタイマーズのお悩《なや》み相談室』、今週もたくさんメッセージをいただいております」

「放送開始後しばらく、あまりにもメッセージが少なすぎて、存続《そんぞく》があやぶまれていたときもありましたけどね。中学生のふりしてメッセージ送ろうかなとかいってましたもんね、皆吉《みなよし》さん」

「すんでのところで踏《ふ》みとどまりましたけれど」

「悩《なや》める生徒さんたちのおかげで、乗りきることができました」

「生徒さんたちのお悩みが、こんなにたくさんあるんだっていうのは、ちょっと複雑《ふくざつ》な気持ちではありますけどね」

「今週は、ぼくが読ませていただきます。ラジオネーム・黒りんごさん、中学二年生の生徒さんからいただきました。


【わたしには、ちょっとサイコパスなところがあります。彼氏《かれし》が自分だけを好きそうにしていないと、すぐに別れてしまったり、友だちに自分以外の親友がいることが気に入らなかったりするんです。

自分でもこれがいちばんサイコパスだなって思っているところは、妹がきらいなところです。両親をとられちゃうような気がして、生まれる前からきらいでした。

生まれてすぐ、妹には病気があることがわかりました。ママはつきっきりになって、ますますわたしは妹がきらいになりました。パパに当たり散らしたりもしました。

妹は、もういません。二歳《さい》になる前に死んでしまいました。

それなのに、いまでもうちは、妹が中心の家のままです。目の前にわたしがいるのに、ママは妹のことを考えています。パパもそうです。わたしの心配をしてくれるときもあるけれど、残ったもうひとりの娘《むすめ》まで失いたくないって思っているだけなんです。

本当は少しだけ、ほんの少しだけ、好きになれそうかなって思っていたときもありました。それなのに、妹は死んでしまいました。好きになれるチャンスはもうありません。永遠《えいえん》に、きらいなままになってしまいました。

わたしはこのまま、彼氏《かれし》や友だちにサイコパスっぽい要求ばかりする人間として生きていくしかないのでしょうか。そうならない方法がもしあるのなら、知りたいです】

ありがとうございます、黒りんごさん。もしかしたら、すごく打ちあけにくいことを、ぼくたちになら、と思ってメッセージを送ってくださったのかな、という気がしています。

えーっと……そうですね、まず、黒りんごさんがお使いになったサイコパスというい方ですけど」

「うん」

「医療機関《いりょうきかん》で実際《じっさい》に診断《しんだん》された結果として、ご自分をサイコパスだと自覚されているのならいいんだけど、そうでないなら、自称《じしょう》してしまうのはどうなのかな、と」

「そうだよね、わたしもそれは思いました」

「必要以上に思いつめてしまう気がするんですよね」

「肩《かた》こりも、肩こりっていう言葉が広まるまでは、体感している人は少なかったって話があるくらいですしね」

「うん、だから、そこを黒りんごさんに、まずは変えてもらえたらって思います。で、ひとつひとつ考えていきたいんですけど」

「はい、ひとつずつ」

「彼氏《かれし》や友だちに、過剰《かじょう》な要求をしてしまうということですけど、強弱は人それぞれだとしても、十代のころって、独占欲《どくせんよく》がいちばん強い時期なんじゃないかと思うんですよ」

「たしかにねー」

「ぼくはたぶん、すごく〈強〉に設定されてたほうなんで、彼女《かのじょ》には当然、やきもちとかやきまくりでしたし、バンドメンバーにも、オレよりあいつのほうを信頼《しんらい》してるっぽいって感じただけで、むっとしたりしてました」

「へー、いまでは冷《ひ》や奴《やっこ》のようにさっぱりしている類《るい》くんが」

「当時はほんと、ひどかったです。いま思うと、ですけど。渦中《かちゅう》にいたときは、むこうが悪いとしか思ってなかったですから」

「わたしは逆《ぎゃく》に、〈弱〉寄《よ》りだったんです。だから、いわれるほうでした。どうしてわたし以外の子とそんなに楽しそうにしゃべるのよ！　みたいなね。わー、それもだめでしたかーって、いわれてびっくりする」

「わかる気がします。おれ——あ、おれっていっちゃいましたけど、十代のころに皆《みな》吉《よし》さんみたいな人と出会ってたら、きぃーってなってたと思う」

「どうしておれ以外のやつと！　きぃーっ、みたいな」

「そうそう、独占欲大爆発《どくせんよくだいばくはつ》、みたいな。皆吉さんがまた、なんかそういう気持ちをもたせる人なんですよ」

「ええ？　それってどういう？」

「前にもちらっと出たじゃないですか。最初に中古車販売店《はんばいてん》で会ったときの話。人見知りがひどかったっていう」

「あー、はいはい」

「あれとか人見知りっていうレベルじゃなくて、この人は絶対《ぜったい》、《ザ・ガード》のアンチだろって思ったくらい、態度《たいど》悪くて。あとで、《ザ・ガード》の人だともなんとも思ってなかったってわかるんですけど」

「そんなにひどかった？」

「おれがめちゃくちゃがんばって、『古い車お好きなんですか？』って声かけたら、『はあ？』って。『はあ？』ですよ。ありえなくない？」

「ちがうの、びっくりしたの。なんかすごいシュッとしたかっこいい子が、いきなり話しかけてきたから。『なんでおれなんかに話しかけてくるんですか？』の『はあ？』だったの。何度も説明してるけど」

「とにかく、最悪だったんです。それが、『こちらの方、お若《わか》いのにはじめて乗った車、ピアッツァなんですって』みたいにお店の人が紹介《しょうかい》してくれたとたん、ころっと。同じ人？　ってくらい、にこにこして話しかけてくるようになって」

「だって、ピアッツァだよ？」

「その落差がさ、ふつうじゃなかったから。皆吉《みなよし》さんは、人見知りなんだからしょうがないっていうけど、そんなレベルじゃなかった。それが急に『連絡先《れんらくさき》、教えてもらってもいい？』ってなって、その日からほぼ毎日のように連絡くるわけですよ」

「してたねえ、当時は。いまはまあ、二日にいっぺんくらい？」

「手のひら返しのあとの詰《つ》め方《かた》がえぐいんですよ、皆吉《みなよし》さんは。そういう人に慣《な》れてないから、こっちは。ほかの人にも同じ感じなんだって知ったとき、さすがにちょっともやっとしましたよね」

「したの？　おとなになってからの類くんが？」

「しました、じつは。ひさびさに。あー、こういうの、高校時代によくあったわーってなつかしくなりましたもん」

「なつかしく思えたんだ。だったらよかった」

「そういうとこ！　そういうとこに、きーってなるんですよ、設定《せってい》が〈強〉な人間は」

「あはははは」

「笑ってるし。えーっと、すみません、話がめちゃくちゃそれちゃいましたね」

「もどしましょうか。えー、類くんが自分自身の生徒さん時代やわたしとの思い出なんかを例に出してくれたおかげで、まずひとつ、はっきりしました。彼氏《かれし》や友だちに自分だけを大切に思ってもらいたいっていうのは、そんなに思いつめるようなことじゃない、と」

「思いつめるようなことじゃないです」

「ぜんぜんだよね」

「ぜんぜんです。そういう時期だったり、ちょっと設定《せってい》が〈強〉だった、というだけのことなんで」

「で、妹さんの話ですよね。黒りんごさんにとって、ここがすごく大きな問題になってますよね、きっと」

「たぶん、そうですよね」

「類《るい》くんがメッセージを読んでくれているあいだに、わたし、気づいたことがひとつあるんですけど、もしかしたら黒りんごさんは、重要なことにまだ気がついてらっしゃらないんじゃないのかな、と思って」

「重要なこと、というのは？」

「黒りんごさんは、ご自分を責《せ》めていたいんじゃないでしょうか。責めるのをやめたくない。妹さんのことも、ずっときらっていなくちゃいけないような気になっている」

「あー……うん、なるほど」

「だから、サイコパスなんて言葉まで使って、過剰《かじょう》に自分を悪く思おうとしてしまう」

「そのほうが、少しだけ気が楽なのかもしれませんね。本当は妹さんのことはもうきらいじゃないって思うよりも。じつの妹をきらっているひどい自分、と思っていれば、失ってしまった悲しみには、とりあえずふたをしておけるから」

「メッセージにね、ほんの少しだけど、妹さんを好きになれそうだと思っていたときもあったって書いてくださってたでしょ？　それなのに、妹さんは亡《な》くなってしまった。あと少しで好きになれそうだったのにっていう気持ちと、なんで死んじゃったの？　っていう思いがくっついちゃって、妹さんが死んでしまったからこんなことになったんだって、ちょっと攻撃的《こうげきてき》な感情《かんじょう》になってしまっているのもあるかもしれない」

「そうですね、あるかもしれない」

「黒りんごさんは、いまも妹さんのことはきらいなままだっておっしゃってましたけど」

「本当はもう、妹さんのことはきらいじゃないのかもしれない」

「それなのに、自分はまだ妹のことをきらっている、なんてひどい姉だ、ということにして、ご自分を責《せ》めている。そのあたりのことを認《みと》めてみたら、なにか変わったりしないかなと、ちょっと期待してしまうんですけど」

「まずは、認《みと》めてみる」

「そうすれば、なによりもまず、黒りんごさんのお悩《なや》みがシンプルになりますよね」

「シンプルに」

「そう、黒りんごさんは、本当はただ怒《おこ》っているだけだった。あと少しで好きになれそうだった妹さんに、もっと生きていてほしかった。自分のためにも、両親のためにも。それがかなわなかったことに、黒りんごさんは腹《はら》を立てている」

「腹を立てているから、ご自身の気持ちをうまくコントロールできていないような気がしてしまう」

「さっき類《るい》くんが、失ってしまった悲しみにふたをしているっていう言い方をしましたでしょ？　そうか、自分は腹を立てていただけなのかって気づくということは、そのふたをとるっていうことでもある。ふたをとってしばらくは、悲しくてどうしようもない気持ちになるかもしれないですよ？　でもね、そこにはもうこれまでのような複雑《ふくざつ》さはない。ただ悲しめばいいだけになる。シンプルに」

「いまの黒りんごさんは、悲しい気持ちにふたをするために、わざわざ複雑な感情《かんじょう》をもとうとしてしまっているのかもしれないってことですかね」

「そんな気がするんですよね。だから一回、ちょっとシンプルにしてみる」

「どうでしょうか、黒りんごさん。ぼくたちが考えてみた、サイコパスっぽい要求を彼氏《かれし》や友だちにするような人間のまま生きていかずにすむ方法、試《ため》してみていただけるでしょうか」

「なんかちがう、そういうことじゃないって思われたら、また別のね、なにか方法をいっしょに考えましょう」

「何度でも、メッセージいただければと思います」

「なんだっけ、ほら、なんかぴったりな英語の言い方あるじゃない」

「トライアル&エラーですか？」

「ん？　トライ&エラーじゃなく？」

「英文的に正しいのはトライアルらしいです」

「そうなんだねー、知らなかった。で、そうそう、何度でもね」

「うん、何度でも挑戦《ちょうせん》していきましょう」

「いまのままでいるよりは、絶対《ぜったい》にいいと思うんで。ではここで一曲、いっしょに聴《き》いてみましょうか」

「皆吉《みなよし》さんがぜひ、ということで選んでくれました。《ザ・ガード》で、『バリケード』」

どんどんどんどん――。

扉《とびら》を激《はげ》しくノックする音が聞こえている。

「香織《かおり》？　ねえ、どうしたの？　開けていい？　香織、ママ入るよ、いい？　入るからね？」

ノックの音が長くつづいたあと、ママがわたしの部屋に飛びこんできた。

泣き声が、部屋の外にまで漏《も》れてしまっていたことにようやく気がつく。

ベッドからずりおちるようなかっこうで、床《ゆか》に座《すわ》りこんで泣いていたわたしの正面に、ママがしゃがみこんできた。手には、聴《き》きかけのラジオが流れているスマートフォンをにぎったままだ。

「だれかと電話してたの？　なにかひどいこといわれた？」

ううん、とわたしは首を横にふる。くりかえしふる。

「だって香織、すごく悲しそうに泣いてて、香織の泣いてる声が聞こえてきたとたんに、ママ、心臓《しんぞう》がきゅーってなっちゃって……」

ママの目のまわりが赤い。目の表面もうるんでいる。呼吸《こきゅう》も乱《みだ》れているみたいで、はあはあと息がはずんでいる。

「ママ……」

わたしはたよりなく手を伸《の》ばして、ママのエプロンのひもをにぎった。すぐにママが、その手を包みこむようにしてにぎりしめてくれる。甘辛《あまから》い煮込《にこ》みのにおいが、ふわ、と漂《ただよ》う。

「ママ……」

「うん、なあに？　香織《かおり》。ママ、聞くよ？　なんでも聞くから、話してみて。ね？」

「ごめんね、ママ……ごめんなさい……」

「どうしてあやまるのよ、あやまることなんかなあんにもない、だいじょうぶ、だいじょうぶなんだから、ね？　香織、なんでも話していいんだよ、だいじょうぶだいじょうぶ、ね？」

ママは、わたしの手を何度も何度もなでさすりながら、だいじょうぶ、だいじょうぶだから、とくりかえした。

ママがそういうたびに、だいじょうぶになっていく気がした。

わたしはもう、遥香《はるか》をきらいじゃない。そう思っていいんだって。

本当は、ずっと前から大好きだった。小さくて、すごくすごく小さくて、黒目だけが大きくていつもキラキラ光っていて、あんなかわいい子、きらいなままでいられるわけがない。

死んでほしくなかった。

ずっとうちにいてほしかった。

パパとママのいちばんが遙香《はるか》になったって、わたしはもう平気だった。だってわたしのいちばんも、あのころにはもう遙香だったんだから。

「……遙香に会いたい……会いたいよう、ママ……」

「うん、そうだね、会いたいね」

「ママ……ママ……」

「……うん……うん……」

あの人たちのいったとおりだった。

わたしはただ、悲しめばよかったんだ。

ママ、わたしさみしいよって。

遙香ともっといっしょにいたかった、パパって。

やっといえたよ、遙香。

会いたいって。

大好きだったんだよって。


はい、とわたしがさしだしたお守りを、ゆうちゃんが不思議そうに見つめている。

「え？　わたしに？」

「そう、ゆうちゃんに」

「えーっ、びっくり。香織《かおり》がお守りくれるなんて」

「今週末の試合で、はじめてスタメン出場するんでしょ？」

「うん」

「それ、スポーツしてる人をケガから守ってくれるので有名なお守りなんだって」

「そうなんだ！」

「パパが若《わか》いころに野球やってたみたいなんだけど、もらったことがあるっていってて」

「へえ、いっしょに買いにいってくれたんだ？」

「先週の日曜日にいってきた」

「うれしい、ありがと！　大事にする」

ゆうちゃんは、わたしから受けとったお守りを、塾用《じゅくよう》のパスケース――リールのリングに自宅《じたく》の鍵《かぎ》もつけてある――の中に大事そうにしまった。

「ここなら、かばん替《か》えても家に忘《わす》れたりしないから」

にこっと笑ったゆうちゃんのむこうに、教室から出ていこうとするジャージー姿《すがた》の松村《まつむら》くんの横顔が見えた。

下校時間になってもしばらくは、教室に残っておしゃべりしている子たちは多い。陸上部の松村くんも、ついさっきまでは男子数人と輪になっていた。部活がはじまる時間になると、ひとり、またひとりと教室から人がいなくなっていく。

「じゃあ、わたしもそろそろ部活いくね」

うん、とうなずいて、教室を出ていくゆうちゃんを見送ったあと、窓際《まどぎわ》に移動《いどう》した。見下ろした景色の奥《おく》には校庭、右手には校舎《こうしゃ》の正面玄関《げんかん》、左手には校門へとつづくアスファルトの平面がある。

わたしは右手に顔をむけて、吐《は》きだされるようにそこから出てくる人たちをぼんやりと眺《なが》めていた。

「あ……」

松村《まつむら》くんが出てきた。

校庭にむかおうとして、なぜだかふっと顔をうしろにむける。

目があった――ような気がした。

忘《わす》れものでも思いだしたように、松村くんが急に体のむきを変える。出てきたばかりの正面玄関《げんかん》に、引きかえしていく。

わたしにはもう、わかっている。松村くんはもうすぐ、ここにもどってくる。わたしがいる、この教室に。なにかいってもらえると信じて。

わたしは松村くんに、話さなくちゃいけない。どうして別れようっていったのか。それから、『放課後の放課後』を聴《き》いたことも。《ザ・ガード》の『バリケード』で声をあげて泣いたことも。

わたしはこれから松村くんと、はじめてちゃんと話をする。

ラジオネーム
ざわめき
中学三年生

中学生になったらバンドを組みたかった。

歌い手とかそういうんじゃなく、バンド。固定のメンバーがいる、男だけの。影響《えいきょう》を受けたバンドがあるわけじゃなくて、ロックフェスとか、生《なま》な感じがなんかいいなって。そういうのが好きなのおれの歳《とし》だとちょっとめずらしい感じだし、個性《こせい》が出せそうな気がして。

バンドの組み方なんてさっぱりわからなかったから、とりあえず吹奏楽部《すいそうがくぶ》に入ろうと思った。体験入部もしてみた。一週間、がんばって顔を出してみたけれど、おれが思ってたのとはなんかちがっていた。

楽器を演奏《えんそう》したくてやっている人もいたんだろうけど、基本的《きほんてき》には、吹奏楽部、というものをやりたくて入部している人がほとんどな印象《いんしょう》だった。本当はそうじゃない人もいたのかもしれないし、あれこれ考えずに、とりあえずつづけてみればよかったのかもしれない。

結局、体験入部だけで終わりにした。ほかの部活にも、入らなかった。なにもした気がしないのに、いつのまにか三年生になっている。高校生になるまで残り一年ないことに、びっくりだ。

友だちも、できたことはできたけれど、一年のときは、ぱっとしないただのゲーム好きの山下《やました》だけだったし、二年では片岡《かたおか》、三年では近田《ちかだ》、とさらに地味でおとなしいやつとしか仲よくなれなかった。

おれが思いえがいていた中学生活は、いまだに送れていない。送れないまま、卒業することになりそうだ。

何日か前に動画で、小学生なのにバンド活動をしているやつらを見た。ヴォーカルの子の親がミュージシャンで、自宅《じたく》にあるスタジオでいつも練習しているそうだ。

結局、親なんだよなって最近は思うようになった。

親が頭いい大学にいっていれば、子どもも勉強が得意《とくい》だし、親がスポーツをやっていれば、子どもだって運動神経《しんけい》がいい。

うちの親は、どっちもただの元オタクで、これといった取《と》り柄《え》もない人たちだ。

父親は高校から大学までずっと漫研《まんけん》に入っていて、将来《しょうらい》の夢《ゆめ》は漫画家になることだったらしい。いまは、漫画とはなんの関係もない会社で働いている。

母親は、若《わか》いころは日本のアイドル、いまは韓国《かんこく》ドラマにハマっていて、オタク仲間のおばさんたちとしょっちゅう集まっている。たまにうちで集まることもあって、話し声がすごくうるさい。

いい加減《かげん》にしてくれよっていう代わりに、ささやかな抵抗《ていこう》として、おれはいつも無愛想でいるようにしている。おばさんたちに声をかけられても、適当《てきとう》に会釈《えしゃく》するだけだ。愛想よく笑ったりなんか、絶対《ぜったい》にしない。母親も最近は、ちゃんとあいさつして、とかいってこなくなった。

父親でも母親でも、どっちでもいいから、なんかもうちょっとかっこいい職業《しょくぎょう》だったり、おしゃれな趣味《しゅみ》の人たちだったらよかったのに。そうすれば息子のおれも、一芸に秀《ひい》でたちょっとすごい中学生になれていたんじゃないのかなと思う。

思うっていうか、絶対にそうだ。環境《かんきょう》が人を作る、ともいうし。遺伝子《いでんし》に期待できなくても、せめて環境がよければ、子どもの才能《さいのう》っていくらでも伸《の》びるにちがいない。

うちはどっちもだめだった。だから、中学生のあいだにバンドを組むこともできずにいるし、友だちだってなんかいまいちなやつばっかりなんだと思う。

問題の多い家に生まれたかったわけじゃないけれど、ふつうの家って、それはそれで呪《のろ》われてる。ふつうの子にしかなれないんだから。

おれがなりたかったのは、「え、前田《まえだ》くんってバンドやってたんだ!」ってまわりをおどろかせるようなやつ。おとなしそうに見せておいて、じつは学校の外では意外な顔ももってた、みたいな。

別にバンドじゃなくてもよかったんだけど、なにかちょっとめずらしい感じで目立てることを、中学のあいだにやっておきたかった。

このままじゃ、ただのふつうのやつのまま高校生になってしまう。

なんかもう……ため息しか出ない。

「山下《やました》が?」

「そう! めちゃくちゃうわさになってるよ。前ちゃん、一年のとき仲よかったっていってたよね?」

「うん……」

近田《ちかだ》の声が、なんだかぼわんとして聞こえる。頭に毛布《もうふ》をかぶって聞いている声みたいだ。

一年のときに仲がよかったあの山下《やました》が、プログラミングの大会に出て高校生以下の部門で優勝《ゆうしょう》したらしい。

ネットニュースで顔も出たとかで、今朝から大騒《おおさわ》ぎになっているそうだ。クラスメイトたちの大半も、登校してから知ったらしくて、早くニュースが見たいと口々《くちぐち》にいっているのが聞こえてくる。

まじかよ……ただのゲーム好きだと思ってたあの山下が？

そういえば、あいつの家に遊びにいったとき、自分の部屋にＭａｃがあったな。父親のおさがりだといっていたけれど、勉強机《べんきょうづくえ》の上にかなり大きなモニターがどんとのっかっていて、なんかちょっとかっこよかった。これでプログラミングの勉強をはじめたところだって、いってたような気もする。

うなじのあたりが、じゅっと焦《こ》げついたようになった。なんでだよ、なんで山下？おれがやりたかったやつじゃん、それ。

じつはすごいことやってたらしいよって、ある日いきなり、学校中で大騒ぎになる。まさにおれが夢見《ゆめみ》ていたままのことが、山下に起きていた。うらやましい。うらやましすぎて、気持ちが悪くなりそうだ。

「前《まえ》ちゃん？　だいじょうぶ？　なんか具合悪そう？」

やたらとおれに……というか、だれにでもやさしい近田《ちかだ》が、心配そうに顔をのぞきこんできた。

「うん……」

「具合悪そうなら、保健室《ほけんしつ》いく？　いっしょにいこうか？」

ああ、それはいいかも。

具合が悪くなって、保健室にいく。山下《やました》の話題でもちきりの教室から脱出《だっしゅつ》できるうえに、ちょっとは目立てる。でも、近田のつき添《そ》いはいらない。授業《じゅぎょう》がはじまってから、先生って手をあげて、それから保健室にいくのがいい。

近田には、だいじょうぶ、とだけいって、自分の席にむかった。


よし、いまだ、と何度も思ったのに、どうしても手があげられない。

先生、と声を出そうとすると、それだけで心臓《しんぞう》がばくばくしてしまう。ほら、いまだ、いまだよ、と思っているうちに、とうとう一時限目《じげんめ》の授業が終わってしまった。

授業中に保健室にいくところはみんなに見られたいのに、いきなり手をあげて注目を浴びるのは恥《は》ずかしい。なんでそんなふうに思うのか、自分でもよくわからない。目立ちたいのに目立ちたくないだなんて、我《われ》ながら意味がわからなすぎる。

休み時間になると、教室の中は一気に騒《さわ》がしくなって、山下《やました》の名前がまた、あちらこちらから聞こえてくるようになった。

耐《た》えられない、と思って廊下《ろうか》に出る。適当《てきとう》にぶらぶらと歩きだすと、ふたつとなりの教室の前に、見覚えのある顔を見つけた。二年のときに仲がよかった片岡《かたおか》だ。男子数人と、輪になってしゃべっている。

去年はいつもいっしょにいたのに、クラスがわかれてからは、ほとんど顔をあわせていなかった。

あいさつをしようかと思ったけれど、もりあがって話している様子だったので、なんだか気が引けてしまう。

それに、しばらく見ないうちに片岡は、ちょっと別人のようにかっこよくなっていた。背《せ》が伸《の》びて、髪型《かみがた》も適当なやつじゃなくおしゃれな感じになっていて、なにより、顔つきがきりっとしている。

「あっ」

片岡が、なにかに気づいたような声を出した。おれに気づいたのか、とあわてて顔をあげる。

「よっしー、どこいってたんだよ」

よっしー？　だれだそれ、と思いながら片岡《かたおか》の顔を見ると、おれがいることにはまるで気がついていない表情《ひょうじょう》で、いまの片岡とちょっと似《に》た雰囲気《ふんいき》の男子にむかって手をふっていた。

いつのまに、あんなやつと友だちになってたんだ、とおどろく。よく見れば、輪になっているほかのやつらも、クラスの中で目立ってそうな男子ばかりだ。その中にいても、片岡は少しも見劣《みおと》りしていない。

よっしーと呼《よ》ばれた男子が、片岡たちの輪の中に加わった。そのうしろを通りすぎるとき、今度こそあいさつしようと思いきって顔を横にむけたけど、片岡は、よっしーたちとのおしゃべりに夢中《むちゅう》でこちらにまったく気づいていない。

おればっかり必死になっている気がして、いやになった。あいつとはもう、縁《えん》が切れたんだ。そう思うことにした。

縁が切れたと思ったとたん、すごくもったいないことをした気がしてきて、わーっと叫《さけ》びたくなる。

クラスがわかれることになったとき、たまには遊ぼうなって片岡がいってきたのを思いだす。なんて返事したんだった？　覚えていない。いつもみたいに、適当《てきとう》に生返《なまへん》事《じ》をしただけだったのかもしれない。

だって、片岡《かたおか》だったから。地味だし、おとなしいし、話すことは漫画《まんが》か飼《か》ってる猫《ねこ》の話ばっかりで、休み時間にいっしょにいる相手がいるっていう以外、おれにはなんの得《とく》もないやつって思っていたから。

あんなにかっこよくなるんだったら、クラスがわかれても仲よくしておけばよかった。

床《ゆか》がぐにゃぐにゃになったみたいで、ひどく歩きづらい。このまま保健室《ほけんしつ》にいったほうがいいのかもしれない。本当に、具合が悪くなってきたような気がした。

だれか、おれがふらふらしていることに気づかないかな、とまわりに視線《しせん》をめぐらせてみる。

だれひとり、見ていなかった。おれのことなんて。


「ようちゃーん、本当にいかないの？　お母さんたち、いっちゃうよ？」

玄関《げんかん》から、母親が声を張《は》りあげている。

土曜日の夕方になると、家族三人で近所の温泉施設《おんせんしせつ》にいって、併設《へいせつ》のレストランで夕飯を食べて帰ってくるのがお決まりのコースになっている。

返事をしないでいると、母親と父親が、「しょうがないなあ」「帰りにピザでも買ってきてあげようか」「そうしよう」といいあっているのが聞こえてきた。やっとおれをつれていくのはあきらめてくれたようだ。

ドアが閉《し》まって、一瞬《いっしゅん》、しずまったあと、ガチャン、と外から施錠《せじょう》する音が響《ひび》いた。しばらく耳をすまして、もどってくる気配がないのをたしかめる。だいじょうぶそうだ、とようやくベッドからおりて、だれもいないリビングへと移動《いどう》した。

ひっそりしている家の中は、いまだにちょっとだけこわい。中三にもなってなさけない、とは思うけれど、こわいものはこわいのだからしょうがない。

テレビをつけようとリモコンをさがす。ない。いつもはソファの上かテーブルの上に適当《てきとう》にほうってあるのに、どこをさがしても見当たらない。たまに母親が、なんでそんなところに？　って場所に置きっぱなしにしていることがあるけれど……ない。本当に、ない。

いらいらしてきて、さがすのをやめる。ソファに腰《こし》をおろすと、家の中がしずまりかえっているのがこわくてしょうがなくなってきた。動画でも流しておこう、とあわてててスウェットパンツのポケットからスマートフォンをとりだす。

スマートフォンを手にとっても、メッセージなんて届《とど》いてもいない。山下《やました》の話しかしてなさそうだから、クラスメイトたちのやり取りを流し見する気にもならない。

とりあえず音だけ出ていればいい、と適当《てきとう》に動画を流しっぱなしにした。

おれの十四歳《さい》って、と思う。

おれの十四歳は、もうすぐ終わる。来月にはもう十五歳だ。

十四歳って、もっと特別な歳《とし》だと思ってた。自動的に激動《げきどう》の日々《ひび》を送ることになる。

そういう歳なんだろうなって。

どうすれば、こうならずにすんだんだろう。いまのおれには、おもしろいことも楽しいことも、心おどることもない。退屈《たいくつ》でつまらない毎日しか送れずにいる。

まわりから一目置かれて、目立つ友だちもたくさんいて、あしたになったらなにがあるんだろうっていつもわくわくしているような毎日を、一度でいいから過《す》ごしてみたかった。

取り返しのつかないことをしてしまった気がして、たまらない気持ちになる。二年以上あったのに。ただ過ごしただけで終わっていった二年と数か月が、いまになって惜《お》しくて惜しくてしょうがなくなってきた。頭を乗せていたクッションに、ぽた、と涙《なみだ》が落ちる。うう、と声も漏《も》れる。

泣いたのなんて、いつぶりだろう。小学校の卒業式だって、泣いていない。

ひとしきり泣くと、そういえば、と不意に思いだした。

ずいぶん前に近田《ちかだ》から、URLつきのメッセージがきていたな、と。

スクロールして、さがす。

【こういうの興味《きょうみ》ない？】

そのときは面倒《めんどう》で、寝《ね》てたわー、とだけ返事をしたんだった。

リンク先に飛んでみる。YouTubeにあげられたライブ映像《えいぞう》だった。再生《さいせい》してみる。重々《おもおも》しい曲調のイントロが流れだす。知らないバンドの、知らない曲だ。

大学生くらいに見える四人組のバンドで、学園祭なのか、体育館みたいなところで演奏《えんそう》している。

演奏がうまいのかどうかはよくわからなかったけれど、曲はすごくかっこよかった。

聴《き》いているうちに、あれ？　と思う。この曲、聴いたことがあるぞ。なんだっけ……。

思いだした。小学校の三、四年生のころに、母親の好きな俳優《はいゆう》が出ている映画《えいが》をいっしょに観《み》にいったことがある。あの映画《えいが》の主題歌だ。

映画の内容《ないよう》はまるで覚えていないのに、最後に流れてきた曲は強烈《きょうれつ》に記憶《きおく》に残っていた。子どもが聴《き》いちゃいけないような、すごく特別な歌が流れてきたように感じて、どきどきしてしまったのだ。

母親に、「なんて歌？」ってきいたら、「知らない人たちねえ」っていわれたことも思いだす。当時はまだスマートフォンをもっていなくて、自分で検索《けんさく》することもできなかったから、それきり忘《わす》れてしまっていた。

映画のタイトルで検索してみる。あの主題歌は、《ザ・ガード》というバンドの曲だったことがすぐにわかった。

近田《ちかだ》が送ってきたライブ映像《えいぞう》は、《ザ・ガード》の『ノスタルジア』という曲をカバーして演奏《えんそう》しているものだったらしい。

気になったので、《ザ・ガード》版《ばん》の『ノスタルジア』をさがしてみる。ライブ映像が出てきたので、観てみた。

なにかに衝撃《しょうげき》を受けた瞬間《しゅんかん》を、雷《かみなり》が落ちたようにって表現《ひょうげん》したりするけれど、このときのおれは、体温が十度くらい一気にあがって、じっとしていたら人体発火とか起きるんじゃないかってこわくなる感じだった。

だから、あわててソファから飛びだして、リビング中をうろうろしながら、残りを聴《き》いた。

押《お》しつぶしたような声で、苦しそうに、だけど、どこか伸《の》びやかにも聴こえる歌い方で、少しもノスタルジックじゃない歌詞《かし》を吐《は》きだしていくヴォーカル。どれがギターの音で、どれがベースなのかもわからなかったけれど、ドラムもふくめてどの音も速くて、怒《おこ》っているみたいで、無防備《むぼうび》なヴォーカルを守りながら戦っている、傭兵《ようへい》たちのように思えた。

あらためて聴いたその曲が、ものすごく激《はげ》しい歌だってことだけは、おれにもわかった。楽器もやったことがなくて、カラオケで歌ったことすら数えるくらいのおれでも、それだけは。


「類《るい》くんセレクトのザ・リンダ・リンダズ『Racist, Sexist Boy』をお聴きいただきました。彼女《かのじょ》たちは、この曲を発表したときはまだ十歳《さい》とか十三歳とかだったんだよね」

「地元の図書館でやったライブを動画にあげたら、世界中でめちゃくちゃ注目されて、メジャーデビューしたという」

「そういうの、中学時代に妄想《もうそう》しなかった？」

「あー……いきなり世界に発見されて有名人に、みたいな？」

「そうそう、知り合いにたのまれてちょっとだけ出た映画《えいが》が奇跡的《きせきてき》にアカデミー賞《しょう》にノミネートされて、あれよあれよという間《ま》に世界的な子役になってハリウッドデビューしちゃうとか」

「それ実際《じっさい》に中学生のころの皆吉《みなよし》さんが妄想してたやつ？」

「これはいま考えただけ。当時はただのバスケ部だったから。実際によくしてた妄想はね、ある日突然《とつぜん》、練習中の体育館にＮＢＡのスカウトの人がくるってやつ。いかにもスカウトマンっぽいスーツ姿《すがた》の外国人がさ、『こんなところにいたのか……』って原石を発見した顔で歩みよってきて、いうの。『タイセイ、わたしといっしょにアメリカでビッグドリームをつかまないか？』って」

「あははは」

「百五十八くらいしか身長なくて、レギュラーにもなれてないただの中学生なのに」

「ははははは」

「笑うねえ」

「いまのは笑うでしょ、ふつうに」

正直、おどろいていた。

これがあの激《はげ》しい歌を歌っていたのと同じ人の声？　こんなにおだやかに、さっぱりとやさしげに話しているこの人が八十色類《やそいろるい》？　って。

もっとぶっきらぼうに、はすにかまえたようにしゃべる人をイメージしていたのに、さらさらした小雨のような話し方だ。本当にこれは、《ザ・ガード》のヴォーカルだったあの八十色類なんだろうか……。

八十色類で検索《けんさく》していたら、ラジオ番組の公式サイトが出てきて、ちょうどいま放送中だということがわかったので、あわててアプリをダウンロードして聴《き》きはじめたところだ。

もうひとりのパーソナリティーは、俳優《はいゆう》の皆吉黛生《みなよしたいせい》だった。いかにもおもしろそうなことをいいそうで、それでいてわざとらしくない、独特《どくとく》な間《ま》のある話し方をする。こちらは、テレビのトーク番組なんかで見かけていたとおりの話し方だった。

ラジオの放送なんて、はじめてちゃんと聴いた気がする。ラジオ自体、家の中にない。ラジオってなんとなく、車で聴《き》くもの、というイメージだ。うちには車もなくて、帰省中におじいちゃんのワンボックスで買いものや食事にいくときしか乗らない。

エンジンをかけると、自動的にラジオが車内に流れだす。おじいちゃんがいつも聴いている放送局の番組が、延々《えんえん》と流れつづけるのをぼんやりと聞きながす。それがおれにとってのラジオだ。家の中で、じっと耳をすまして聴くものじゃないと思っていた。

こうやってしずまりかえった家の中で聴いていると、リビングに友だちを呼《よ》んでおしゃべりしているような気がしてきて、なんだかそわそわしてしまう。

公式サイトによると、中学生や中学生のいる家族にむけた番組らしい。中学生からのお悩《なや》み相談や、おかしな校則《こうそく》についての投稿《とうこう》なんかを募集《ぼしゅう》していたりもする。それで、『放課後の放課後』って番組名なのか、と納得《なっとく》する。

それでは、と皆吉黛生《みなよしたいせい》が流れを変えるようにいった。

「今週もいってみましょう。『ヤングタイマーズのお悩み相談室』、今週のメッセージは、わたしが読ませていただきます」

「お願いします」

「ラジオネーム・ざわめきさん、中学三年生の生徒さんからいただきました。

【黛生《たいせい》さん、類《るい》さん、こんにちは】


こんにちはー。


【わたしの悩《なや》みは、自分が凡人《ぼんじん》なところです。得意《とくい》なこともないし、熱中していることもありません。成績《せいせき》も運動神経《しんけい》もふつう、見た目もふつうです。人よりすごいものは、なにもありません。

自分が凡人なので、才能《さいのう》がある人や個性的《こせいてき》な人に、すごく憧《あこが》れてしまいます。才能はもうどうにもならないので、せめて個性的な人になりたくて、自分のことをおれっていってみようかなと思ったこともあります。一度だけ友だちにむかっていってみたのですが、恥《は》ずかしくなってしまって、つづけることはできませんでした。

爬虫類《はちゅうるい》好きをアピールしてみたこともあります。でも、本当はそんなに好きじゃないので、爬虫類オタクの男子と話していたときに、がっかりしたような、軽蔑《けいべつ》したような顔をされてしまいました。

黛生《たいせい》さんも類《るい》さんも、俳優《はいゆう》やミュージシャンとして才能《さいのう》があるうえに、すごく個性《こせい》的《てき》に見えます。才能はもとからあったのだと思いますが、個性はあとから作っていったものですよね。どうやって個性的な人になりましたか？】

ありがとうございます、ざわめきさん。そうですか、凡人《ぼんじん》だと思われてしまっているんですね、ご自分のことを」

「凡人って言い方は、ちょっとおとなっぽいかもしれないですね」

「お父さんとかお母さんが使ってるのかな」

「そんな感じがしますね」

「お父さんとかお母さんの世代だと、ざわめきさんのおじいちゃんおばあちゃん世代の価値観《かちかん》みたいなものの影響《えいきょう》が残っていて、意外に考え方がむかしバージョンなことがありますよね」

「凡人っていう言い方には、その気配がちょっとあるかもしれません」

「ふつうを馬鹿《ばか》にしているというか、軽んじているというか。ふつうふつうっていいますけど、それってどこを基準《きじゅん》にそういってるんですかっていう、いまはそういう感じですよね」

「凡人《ぼんじん》だったり、ふつうであることを馬鹿《ばか》にしている人がいたら、あー、おじいちゃんおばあちゃん世代の影響《えいきょう》を受けている人なんだろうなと思っていい」

「受けたほうがいい影響もたくさんありますけどね。こまっている人がいたら、当たり前みたいに声をかけるとか。ただ、男の子は水色、女の子はピンクみたいなのは、いやいやどっちだっていいでしょうっていう」

「ざわめきさんの中にいまある『凡人は価値《かち》がない』だったり、『価値があるのは才《さい》能《のう》がある人や個性的《こせいてき》な人だけだ』っていう考え方は、どこからきたものなのか、と」

「考えてみてもいいかもしれませんよね、まずは。そういえばお父さんが凡人がどうのってよくいってるな、とか、なにかしら気づくことがあるかもしれない。

正直にいうと、わたしにもありましたよ。なんて自分はつまらないやつなんだと悩《なや》んだ時期は。思いだすのも恥《は》ずかしいような。それなのに、ざわめきさんがメッセージに書いてくださったように、いまはなぜか、黛生《たいせい》さんって個性的ですよね、みたいなあつかいを受けているわけです」

「なにがあったんですか、皆吉《みなよし》さんに」

「なにもないですよ。劇的《げきてき》なこととか、そういうのはね。ただ、古い車が好きでしょ？　わたし。子どものころからずっとなんです。おとなになっても変わらず好きなままでいたら、へー、旧車《きゅうしゃ》がお好きなんですか、えっ、六年前までアルシオーネに乗ってたの？　いまはエレメント？　こだわりがあるんですねーっていわれる時代がいつのまにかきていたという。本当にそれだけなんです」

「皆吉《みなよし》さんが個性的《こせいてき》だと思われてるのは、エンスー属性《ぞくせい》だけが理由じゃない気もしますけど、なんかちょっとわかります。自分では意識《いしき》してなかったところが、人から見たら個性的だったらしいっていうのは、ぼくにも経験《けいけん》がありますし」

「いやいや、類《るい》くんは個性のかたまりでしょ。なにからなにまで異端《いたん》の子ですよ。その歳《とし》で、はじめて乗った車がピアッツァだもん」

「って皆吉さんはよくいいますけど、うちの親なんか、こんなふつうの子が人前に出て、みたいなことをいまだにいってますからね」

「そういうものなんだねえ」

「そういうものですよ、個性なんて。見る人によって、出たり消えたりする」

「そんなわたしたちなので、どうやって個性的な人になったかというと、ただおとなになってみただけ、としかお答えのしようがない」

「たしかに、ただおとなになってみただけですね。そもそも、なろうと思ってなった個性的《こせいてき》な人は、個性的であろうとしている人、でしかないような気もしますし」

「しいていうなら、好きになったものを好きでいつづける力は強かったかもしれませんけどね。それは類《るい》くんもだよね。RCサクセション好きになったの、小六のときだっていってたもんね」

「叔父《おじ》からもらったおさがりのiPodで聴《き》いた『スローバラード』で、わーってなって、それからずっと好きですね」

「好きなものについてはとくに書かれていませんでしたけど、もしざわめきさんに、なにかちょっとでも好きなものがあれば、それはもう個性の芽ですから。これを仕事にしようとか、これでいちばんになってやるとか、そんなすごいやつじゃなくても。ただ好き。その気持ちだけでもう」

「たとえば、すごく人気のある漫画《まんが》が大好きだったとして、そうするとまた、好きな人が多そうなものを好きなのは凡人《ぼんじん》だ、とか思うかもしれない。でも、そうじゃないですから。どんなふうに好きで、その好きな気持ちにどう影響《えいきょう》されていくかは、ほかのだれとも同じじゃないです」

「指紋《しもん》って、おそろしいことにひとりとして同じじゃないんですって。二時間ドラマの再放送観《さいほうそうみ》てて知ったんですけど、この世にいるどの人間とも自分の指紋はかぶらない。それと同じですよ。なにかを好きな気持ちも、だれともかぶらない。指紋《しもん》と同じ」

「得意《とくい》なものとか熱中できるものってなるとハードルが高く感じるかもしれないけど、ただ好きなだけっていうものなら」

「あ、そういえばありましたってなるかもしれない」

「それでいいですよね、いまは」

「じゅうぶんです」

「個性的《こせいてき》な人には、なろうとしてなるものではない、というのがぼくたちの回答になりましたけど、どうでしょうか、ざわめきさん」


曲が流れはじめた。

だれもいない夜の公園を、ふらふらとさまよいながら歌っているような、そんな歌声だ。

悲しいことが起きてしまったあとで、別れの予感もあって、でも、そんなことはなかったふりをして、恋人《こいびと》と寄《よ》りそって眠《ねむ》っている。

おれにはそういう歌詞《かし》に思えたけれど、どうなんだろう。国語の成績《せいせき》はいつもよくないから、まちがっているかもしれない。

小六だったときにこの歌を聴《き》いて、わーっとなって、バンドを組んで、解散《かいさん》して、それでも歌いつづけている八十色類《やそいろるい》。

おれにはこの『スローバラード』は、ただの悲しい歌にしか聴こえない。

おれにとっての『スローバラード』は、《ザ・ガード》の『ノスタルジア』だ。

いつかこの話を、八十色類のように話してみたいと思った。

いまの自分の原点は、あそこだった、と。

なんにもない毎日を過《す》ごしていた十四歳《さい》のころの、ある土曜日の夕方。友だちが送ってきた動画がきっかけで、《ザ・ガード》の『ノスタルジア』を聴いた、あの瞬《しゅん》間《かん》がおれの原点なんですって。

八十色類を好きな人も、《ザ・ガード》が好きな人もたくさんいて、おれと同じようなことを考えている人だって、きっとたくさんいるんだろうけど。

いまこう思ったおれのあしたと、いまこう思わなかったおれのあしたは、少なくとも同じじゃないはずだ。

皆吉黛生《みなよしたいせい》もそういっていた。指紋《しもん》と同じだって。好きなものは同じでも、どう好きなのかとか、好きになったことでどんな影響《えいきょう》を受けるのかは、だれともかぶらないって。

指紋《しもん》なんて、死んでしまった人のぶんもふくめたら信じられないような数になるはずなのに、ひとつもかぶらないで新しいものが用意されつづけてるって、そんなのいっそホラーじゃんってくらいの話じゃないか。

それなのにって思うと、なんか信じられる気がする。『ノスタルジア』との出会いをいつか語ろうと思っているおれのあしたと、そう思わなかったおれのあしたは、絶《ぜっ》対《たい》に同じじゃないって。


「えっ、観《み》てくれたんだ」

「あれって、近田《ちかだ》の好きなバンドなの？」

移動《いどう》教室の途中《とちゅう》、近田にいってみた。送ってくれた動画、観たよって。

「いとこのバンド。ギター弾《ひ》いてたのが、おれのいとこなんだ」

「……まじで？」

寝《ね》てたー、だけでうやむやにしていたあの動画が、まさか近田《ちかだ》のいとこがやっているバンドのライブ映像《えいぞう》だったなんて。

なんでいまごろ観《み》たの？　とつっこんでくることもなく、近田はうれしそうにしている。

「いとこの使わなくなったギターもらったから、いま練習中なんだけどさ、なかなかうまくなんないんだよね」

目の前が、チカチカしている。これってなに？　めまい？　なんか爆発《ばくはつ》した？

よくわからないけど、よし、いまだ、と思った。

もうすぐ実技室《じつぎしつ》についてしまう。

ほら、いまだ、いまだよ。

「あのさ、近田――」

ラジオネーム ぬりかべ 中学一年生

しなかんこと品川果淋《しながわかりん》が、わたしの悩《なや》みを知りたがっている。

気がつくと、興味津々《きょうみしんしん》な顔でこちらをちらちらと見ている。

余計《よけい》なことをいうんじゃなかった、といまになって後悔《こうかい》している。悩みはない、ただし、ないのは身体的な悩みだけ、なんて。あんなこと、いうんじゃなかった。

悩みがないのが悩みだというしなかんに、へんなサービス精神《せいしん》みたいなものが働いてしまったんだと思う。

中学生女子が悩むのは、容姿《ようし》にまつわるコンプレックス的なものばかりじゃないんだよって。そのくらいは教えてあげたほうがいいのかな、みたいな。

わたしは、自分の悩みをだれにも知られたくない。たとえしなかんであっても、教えたくない。

田崎留憂《たさきるう》に対してみんなが抱《いだ》いているイメージは、顔がいい、スタイルいい、男子に厳《きび》しい、はっきりものをいう、自分に自信がありすぎる——そんなところだろうか。だいたいあっている。

長所と思われているであろうところも、短所だと思われているであろうところも。わたしを知るほとんどの人たちのあいだで、イメージのずれはないはずだ。ちょっと鼻につくところもなくはないけれど、基本《きほん》、仲よくしておきたい人のくくりには入っている。それが、いまのわたしへのおおむねの評価《ひょうか》だと思う。悪くはない。ちょうどいい評価なんじゃないだろうか。つまり、いまのわたしは、ちょうどいい毎日を過《す》ごせているということだ。しなかんもいるし。

わたしはたぶん、面倒《めんどう》なことになるのがいやなんだと思う。

いまの平穏《へいおん》な毎日を、わざわざ乱《みだ》したいとは思っていない。どうせあと二年とちょっとしかいない場所なのだ。居心地《いごこち》のいいまま過ごしたい。

おとなになったわたしは、これまで以上に大変な思いをするってわかっている。だったら、いやな思いをしはじめるのは、せめて高校生になってからでもいいはずだ。

いまはまだ、しなかんと馬鹿《ばか》みたいに笑っていたい。

悩《なや》みがないのが悩みだなんて素《す》でいえてしまうしなかんと、いまはただ、なんでもない毎日をあっけらかんと過《す》ごしていたい。

なにを悩《なや》んでいるのかを知ったら、さすがのしなかんでも、わたしを見る目が変わってしまうかもしれない。しなかんにかぎって、とは思うけれど、万が一ってこともある。

だから、知られるわけにはいかないと思っている。わたしがなにを悩んでいるのかは。


「公開放送とかあればいいのになあ」

しなかんがまた、皆吉黛生《みなよしたいせい》への愛を語りはじめた。どこがそんなにいいのか、小学生のころから、しなかんは皆吉黛生に夢中《むちゅう》だ。

少し前にはじまった皆吉黛生のラジオ番組なんて、リアルタイムでのリスニング――わざわざ防災用《ぼうさいよう》のラジオで――はもちろん、スマートフォンにダウンロードしたラジコの後追い機能《きのう》まで使って、同じ放送回をくりかえし聴《き》いているらしい。

「しゃべってる黛生さん、見てみたいなあ。『放課後の放課後』、公開放送になんないかなあ」

クラスも同じ、部活も同じボランティア部なので、学校にいるあいだのわたしとしなかんは、ほぼべったりいっしょにいる。

家の方角も同じなので、登下校もいっしょだ。それでもまだ足りないとばかりに、放課後、決まって立ちよるのがうちのマンションの中にあるミニ公園だ。

青々《あおあお》としげった芝生《しばふ》の中心に、謎《なぞ》の白い巨大《きょだい》オブジェがあって、似《に》たデザインのアート系《けい》なベンチがみっつ、ぽつん、ぽつん、と点在《てんざい》している。遊具がないので、公園なのに子どもたちは寄《よ》りつかない。年配の方や主婦《しゅふ》のみなさん、わたしたちのような学生の憩《いこ》いの場だ。

最低でも十分はここで話しこんだあと、うちのマンションの敷地《しきち》から路地をふたつへだてたむこうにある一戸建ての住宅街《じゅうたくがい》へ、しなかんは帰っていく。

「ルウも聴《き》きなよ、『放課後の放課後』。黛生《たいせい》さん推《お》しじゃなくてもふつうにおもしろいから」

「ラジオっていうのがなあ」

「聴きながら別のことできるんだよ？　いいじゃん、ラジオ」

「お悩《なや》み相談とか、なんか苦手なんだよね」

「そんな感じじゃないし。お悩みを聞いたふたりが、思いついたことをあれこれしゃべってるだけっていうか」

「そんなんでちゃんと解決《かいけつ》するの？」

「どうなんだろ。解決したかどうかは、メッセージ送った本人にしかわかんないし。でもさ、自分と同じような悩《なや》みを、ほかの人も悩んでるってわかっただけでもほっとした、とか、そういうのはあるんじゃない？」

「あるかなー」

「あるでしょ」

しなかんは、これまでの放送で印象的《いんしょうてき》だったお悩みを羅列《られつ》しだした。

『友だちがうらやましい』『友だちとぎくしゃくしてしまった』『サイコパスな自分じゃなくなりたい』『凡人《ぼんじん》なのがつらい』。

皆吉黛生《みなよしたいせい》と八十色類《やそいろるい》はプライベートでも交流があって、悩み相談に答える中で、ふたりが仲よくなったきっかけのエピソードなんかも明かされるそうだ。しなかんには、それがたまらないらしい。

「自分の好きな人がさ、仲いい人の話するのを聞けるとか、どんな特権《とっけん》？　って感じじゃない？　本当にもう、土曜の五時からの五十四分、感謝《かんしゃ》の気持ちがあふれ過《す》ぎる」

「結婚《けっこん》したらどうすんの？　皆吉《みなよし》が」

「皆吉呼《よ》びしない！」

「皆吉黛生《たいせい》」

「黛生さん！」

「皆吉からむと気《き》むずかしくなるな、ほんと」

「ねえ、ルウ。あれ」

しなかんが突然《とつぜん》、視線《しせん》を遠くに投げながら、わたしのシャツの袖口《そでぐち》を引っぱった。

ずいぶん遠くを見ているようだ。わたしたちがいる公園の前の歩道と車道をへだてた、さらにそのむこうがわの歩道に、その視線はむけられていた。

「あれって奥田《おくだ》くんだよね」

「奥田……って、ああ、同じ小学校だった奥田聖《ひじり》？　私立《しりつ》いったんだよね」

「家が近いからさ、うちの母親、いまだにママ友なんだ、奥田くんのお母さんと」

「そうなんだ」

「だから、奥田くんの話、いまでもたまに出るんだけど、あいかわらず保健室《ほけんしつ》登校っぽい」

「そっか、そうなんだ」

「いじめとかとくになかったよね？　小学校のとき。ルウってたしか、二年と三年のとき、クラス同じじゃなかった？」

「いっしょだった。いじめはなかったけど、でも、うーん……担任《たんにん》の先生がさ」

「あー、はいはい」

「ちょっとパワハラ気味っていうか、おとなしい子へのあたりが強い先生ではあったよね」

「思いだした。ルウ、よく怒《おこ》ってたよね。びっくりしたもん、先生に怒ってもいいいんだって。そのころはまだ、子どもがおとなに怒っていいなんて思ってなかったから」

しなかんの視線《しせん》はまだ、奥田聖《おくだひじり》にくぎづけのままだ。

ひさびさに見た奥田聖は、制服姿《せいふくすがた》だった。襟《えり》もとのデザインがちょっと凝《こ》っている明るい紺《こん》のブレザータイプだ。

みっちりしげった背《せ》の低い植えこみが、歩道と車道との仕切りになっている。奥田聖は、ほかにだれもいない歩道を、ひとりで歩いていた。ものすごくゆっくりした足取りだ。しかも、ときどき立ちどまってしゃがんだりもしている。

「なにしてるんだろうね？　植木がじゃまで見えないけど」

しなかんが、首をかしげながらいう。

たしかに植木のみっちりがじゃまで、しゃがんでしまうと奥田聖《おくだひじり》がなにをしているのかまったくわからない。

「あいさつしにいってみる?」

くったくなくいうしなかんに、わたしはきっぱりと首を横にふった。

「やめといてあげなよ。そういうの、奥田タイプはこまるだけだと思うよ」

「そうかなー」

「しなかんにはわかんないだろうけど」

「またそれいう。ルウはすぐ、しなかんにはわかるまい、みたいな言い方するんだよなあ」

「感じ悪かった?」

「ちょっとね」

「だったら、ごめん」

「あやまってもらうほどじゃなかった」

「そ?　じゃあ、取り消す」

ああ、しなかんはいいな、やっぱり。

すごくシンプルだ。

いっしょにいて、気持ちがいい。

地上にいる全部の人間が、しなかんみたいだったらいいのに。いっそ全員、しなかんだったらいいのに。

そうすれば、わたしはすごくしあわせな気持ちのまま、一生を送れるにちがいない。


「お聴《き》きいただいたのは、ちあきなおみの『喝采《かっさい》』でした」

「ひさびさに聴いたけど、古くない！」

「映画《えいが》一本観《み》た気になりますよね」

「わたしがこの曲をはじめて聴いたのって、たぶん小学生くらいのころなんですよ。その当時でもすでに、かなり古い歌だったんですけど、衝撃《しょうげき》を受けましたからね。なんだこのドラマティックな歌は！　って」

「これからも、そういう曲をお届《とど》けしていきたいですね」

「それでは今週はこのへんで」

「また来週の放課後、集まりましょう」

「ばいばーい」

しなかんがあんまり聴《き》いて聴いてとうるさいので、『放課後の放課後』を聴いてみた。

正直、しなかんのように皆吉黛生《みなよしたいせい》を溺愛《できあい》しているわけでもないし、音楽好きでも車好きでもないわたしが聴いても、という感じではあった。

それどころか、パーソナリティーがそろって古い車好きだというところに、むむ、となってしまったくらいだ。

いまどきガソリン車？　温暖化《おんだんか》はまったなしだってこれだけ世界中から発信されているのに、どうして電気自動車に乗りかえようと思わないの？　って。

母親のほうの祖父《そふ》と同じだ。祖母《そぼ》がいくらいっても、リサイクル用のゴミをわけて捨《す》てない。油を平気で排水口《はいすいこう》に流す。電子タバコは無害だといいはって、リビングにわたしたちがいても平気で吸《す》う。本当は紙タバコの副流煙《ふくりゅうえん》と同じくらい近くにいる人への影響《えいきょう》があるといわれているのに。

皆吉黛生《みなよしたいせい》と八十色類《やそいろるい》がガソリン車に乗っているというだけで、わたしはもう、『放課後の放課後』を継続《けいぞく》して聴《き》く気はなくしてしまった。しなかんには正直に、そう話すつもりだ。そんなことで怒《おこ》ったりうらんだりするようなしなかんではない。

ただ、中盤《ちゅうばん》にあったお悩《なや》み相談室だけは、また聴いてもいいような気がしている。じつは、お悩み相談室で読まれたメッセージへの返答が、わりとぐさりと胸《むね》にささって、いまも抜《ぬ》けていないのだ。

要約すると、こんな悩みだった。

中一の彼女《かのじょ》は、毛深いことに悩んでいる。剃《そ》ると濃《こ》くなるらしいので、処理《しょり》はまだしていない。もうすぐ夏なので、制服《せいふく》も半袖《はんそで》になる。毛深いのがまわりにバレるのがこわい。悩みすぎて、衣替《ころもが》えが終わったあとの学校にいくのがこわくなってきた。どうすればいいでしょうか。

えっ？　そんなの剃ればいいのでは？　とわたしは思った。

だって、それ以外に解決《かいけつ》のしようがない。大学生くらいになれば、お金をかけて永久脱毛《えいきゅうだつもう》をしたりもできるだろうけど。中学生のあいだは、よほどのことがないかぎり、剃るか、脱毛クリームで除毛《じょもう》するか、脱毛テープでべりっとやるかだ。わたしはまだ体毛がうすいから、どれも試《ため》してみたことはないけれど。

悩《なや》むようなことじゃないじゃん、と迷《まよ》うことなくわたしは思った。

それなのに皆吉黛生《みなよしたいせい》と八十色類《やそいろるい》は、「それは悩むねえ」とか「最近はむだ毛も個《こ》性《せい》っていわれたりもしてるけれども」などといいながら、至極《しごく》まじめに、なんとかいい解決《かいけつ》方法はないかとあれこれ提案《ていあん》してあげていたのだ。まるで、いじめにあって学校にいけなくなりました、という相談に乗っているかのような熱量で。

わたしはそれにちょっとびっくりしてしまった。だって、むだ毛だよ？　ただの。

そう思っていたら、皆吉黛生がいったのだ。

悩む気持ちには、星みっつも星ひとつもないですからねって。

どんなに小さく思える悩みでも、本人にとってはあした生きるかどうかを決めるくらいのもの。虐待《ぎゃくたい》とかいじめとか、名前がついているからすごい悩みだって判定《はんてい》されるわけじゃない。名もなき悩みだって、悩みすぎれば人はあっさり絶望《ぜつぼう》するって。

たかがむだ毛で、と相談者をちょっと見下《みくだ》したような気持ちで聴《き》いていたわたしは、息をのんだ。

わたしだって、と。

わたしだって、自分自身はつらくてしょうがないけれど、他人から見れば、「なんでそんなことで悩んでるの？」って思われそうなことで悩んでいる。

しかも、そんなことを悩《なや》むなんてヤバいやつ、重いやつ、みたいに思われるのがこわくて、だれにも話せずにいる。

それなのに、人のことだとこんなに簡単《かんたん》に、そんなの剃《そ》ればいいだけじゃん、と軽く考えてしまう。

むだ毛なんて剃ればいい。答えはそれしかないのだとしても、いまはそうできないでいる相手に対しては、それをいうだけじゃ悩みの解決《かいけつ》にはならないのだと、皆吉黛《みなよしたい》生《せい》は考えている。

そんなふうに考えることができるのはちょっとすごいかも、と思った。あのしなかんが入れこむだけのことはあるな、とも。

それとも、おとなだから？　おとなはみんな、そんなふうに考えることができるもの？

まさか。そんなわけがない。おとながみんな皆吉黛生みたいな考え方ができている なら、いまの世の中、こんなふうじゃないよね？

気がついたら、『放課後の放課後』の公式サイトを検索《けんさく》しはじめていた。

明るい色調のページに、『ヤングタイマーズのお悩み相談室』のメッセージ募集《ぼしゅう》のコーナーを見つける。

メッセージフォームに添《そ》えられた、ここから送ってね、という文字が、浮《う》かびあがってくるように見えた。


「ねえ、聞いた？」

休み時間の教室に、クラスのちがう本木《もとき》さんが飛びこんできた。

窓際《まどぎわ》にいたわたしとしなかんのところまで、まっすぐに駆《か》けよってくる。本木さんは、同じボランティア部の一年生だ。わたしはまだそんなにちゃんと話したことがない。

「なになに？　なんの話？　もとちゃん」

いつのまにか、もとちゃんになっている。さすがしなかんだ。

「阿部先輩《あべせんぱい》、部活辞《や》めちゃうんだって」

わたしとしなかんが、「えーっ」と叫《さけ》ぶ声が、ぴったり重なった。まわりにいた子たちが、いっせいにこちらを見る。

「びっくりしたあ」

「なんかあったの？」

「どうしたの？」

無駄《むだ》に注目を集めてしまった。

わたしとしなかんは、「ごめん、うるさくして」「部活の話」とかぶせ気味にみんなに説明して、もとちゃん――あ、つられてもとちゃんになった――をつれて廊下《ろうか》に出た。

「ほんとなの？　阿部先輩《あべせんぱい》が辞《や》めるって」

そうたしかめながら、いき先も決めずに廊下を歩きだす。

「さっき二年の先輩たちが廊下で輪になってるの見かけて、あいさつしたら泣いてたの。阿部ちゃんが辞めるなんて信じられないっていってる人もいて、だから……」

わたしは思わず、しなかんと顔を見合わせた。これはガセじゃないかも、と。しなかんも、うん、と小さくうなずいている。

「先輩のとこいってみよう」

しなかんのひとことで、いき先が決まった。休み時間の残りが少ない。ほとんど走るような早歩きで、わたしたちは二年生のクラスがある一階にむかった。

「あの、阿部先輩いますか？」

戸口の近くにいた男子の先輩に、声をかける。ちらっとわたしの顔を見て、あからさまに「お」という表情《ひょうじょう》になったことには気づかないふりをして、返事をまった。

「あそこ」

指さした先に視線《しせん》をむけると、阿部先輩《あべせんぱい》は教壇側《きょうだんがわ》の戸口の前にいた。廊下《ろうか》のほうに体の正面をむけている。だれかとしゃべっているようだ。

「おーちゃん先輩がいる」

もとちゃんがそういったので、教壇側の戸口にむかってばたばたと廊下を走った。

「先輩！」

しなかんが大きな声で呼《よ》びかけると、肩《かた》を揺《ゆ》らして、おーちゃん先輩が顔を横にむけた。

おどろきながら怒《おこ》っているような、怒りながらおどろいているような、どちらにしてもおーちゃん先輩の顔では見たことのなかった種類の表情が、こちらにむけられている。うっかりひるみそうになったわたしの横から、しなかんがぐいっと前に出ていく。

「阿部先輩が部活辞《や》めちゃうかもってうわさになってます。本当ですか？」

しなかんは、おーちゃん先輩だけじゃなく、教室の中にいる阿部先輩にも聞こえるように、大きな声ではきはきとしゃべった。おいおい、デリケートな話をそんな大きな声で、とわたしがうろたえるほどに。

「廊下《ろうか》に出よっか」

阿部先輩《あべせんぱい》が、うしろをむかせたしなかんの背中《せなか》を押《お》しながら廊下に出てくる。中庭に面した廊下の窓《まど》の前までいくと足を止めて、ふう、と深呼吸《しんこきゅう》をした。

「うわさは本当」

滑舌《かつぜつ》よく、きっぱりと阿部先輩はいった。まっすぐに切りそろえた短めの前髪《まえがみ》が、少しだけ乱《みだ》れている。くしゃっとかきあげたあとのように。

「理由はなんですか？」

しなかんは、あいかわらず勇敢《ゆうかん》だ。少しもひるまない。

おーちゃん先輩はもう、理由を知っているのだろうか。形のいい眉《まゆ》を八の字にして、くちびるをかたく引きむすんでいる。

「……家の事情《じじょう》」

「家の、ですか」

「そうだよ」

「阿部先輩の事情じゃなく？」

「そう、わたしの事情じゃなく」

だったらなにもいえない、とでも思ったのか、しなかんはそこで、充電《じゅうでん》が切れた配《はい》膳《ぜん》ロボットのようにおとなしくなった。

見計らったように、廊下《ろうか》の奥《おく》から各クラスの先生たちが姿《すがた》を見せはじめる。タイムリミットだ。休み時間が終わる。

「ごめんね、こんな中途半端《ちゅうとはんぱ》な時期に」

最後に阿部先輩《あべせんぱい》がそんなことをいったので、わたしたちはそろってぶんぶんと首をふって、ばたばたと廊下をまた走って、それぞれの教室にもどっていった。


どのくらい深刻《しんこく》な〈家の事情《じじょう》〉なのか、結局、わたしたちに知らされることはなかった。

阿部先輩は本当に部活にこなくなって、実質《じっしつ》、ボランティア部はおーちゃん先輩がひとりで部長代理と副部長代理をつとめるような形になった。三年生はあいかわらず、会議だけの日には顔を出さない。

「日曜日の駅前清掃《せいそう》も、阿部先輩はもうこないよね」

部活帰りのげた箱の前で、ため息まじりにしなかんがいう。

「今週の？　だろうね、きっと」

わたしはそう答えるしかなくて、〈家の事情《じじょう》〉だもん、しょうがないよ、と頭の中でつけ足した。

「こういうとき、悩《なや》みがないのを誇《ほこ》っていいっていってくれた黛生《たいせい》さんのお言葉が、わたしをどれだけ救《すく》ってくれていることか。ああ、ご本人にお伝えしたい」

しなかんがいいたいことは、なんとなくわかった。あんなにがんばっていた部活動を辞《や》めなくちゃいけないほど、阿部先輩《あべせんぱい》の〈家の事情〉は大変なことになっているというのに、自分ときたら……そんなふうに思って胸《むね》を痛《いた》めているのだろう。

「意外といいことというもんね、皆吉《みなよし》」

「あっ、聴《き》いた？　聴いてくれたんだ、『放課後の放課後』！」

「ガソリン車が好きってどうなのよ、とは思ったけどね」

「うーん、それはまあ……でもさ、わたしたちにとっては温暖化《おんだんか》がこわいように、黛生さんたちにとっては、大好きな車に乗れなくなることは絶望《ぜつぼう》でしかなくて、その絶望ゆえに生きる気力さえなくなりそうでこわいっておびえてるんだとしたら？　わたしたちのこわいっていう気持ちばっかり押《お》しつけるのもどうなんだろうって思うけどな」

「でもさ、ひとりひとりの行動が未来を作っていくんだよ？」

「それいったら、電気だけにたよる世の中になっていくことだって、絶対的《ぜったいてき》に正解《せいかい》なわけでもないじゃん」

「それはそうだけど……」

「ちょっとまった、この手の議論《ぎろん》は部活のときだけにしようって決めたじゃん」

「……うん」

負《ま》けず嫌《ぎら》いのわたしが、大論争の果てに意地を張《は》って口をきかなくなったことがあったので、しなかんがそういうルールを作ったのだ。

自分たちの力ではどうにもならない社会的な問題に関する話は、部活の会議のときにしかしない。めりはりをつけずにいつでもむずかしいことばっかり話しあってたら、わたしたちだってしんどくなっちゃうでしょ、というのがしなかんの考えだ。

しなかんのいうとおりだとわたしも思う。そういうルールがなかったら、わたしはたぶん、世の中への怒《いか》りや変わっていかないおとなたちへの侮蔑《ぶべつ》の気持ちを、垂《た》れ流《なが》し状態《じょうたい》にしてしまう。それじゃあさすがのしなかんだって、だ。

だから、悩《なや》みはあるかときかれても、わたしは話さなかった。

わたしの悩み。

それは、自分ではどうにもできない世の中のできごとやおとなたちの態度《たいど》に、いちいち腹《はら》を立てて、絶望《ぜつぼう》してしまうこと。

自分の顔がもうちょっとかわいければ、とか、好きな人に気に入られるにはどうしたらいいのか、とか、そういうことを悩《なや》む代わりに、世の中やおとなたちに怒《おこ》っている。絶望している。途方《とほう》に暮《く》れている。

おとなたちは無責任《むせきにん》だ。かぎられた資源《しげん》を際限《さいげん》なく使いまくって、悪くするだけ世の中を悪くしておいて、わたしたちよりも先に、さっさとこの世からいなくなる。腹が立って腹が立って、しょうがない。

わたしが悩んでいるのは、この激《はげ》しい感情《かんじょう》とのむきあい方がわからないことだ。しなかんは、無邪気《むじゃき》なようでいて社会の問題にちゃんとむきあっている。選挙にも早く参加したい、なんていうくらい、自分にできることがあるならなんでもやりたい、と考えている子だ。それでも、わたしほどには世の中に怒っていないし、おとなたちを憎《にく》んでもいない。

あのバランスのよさが、すごくうらやましい。わたしはどうしても、世の中のことを知れば知るほど絶望してしまう。おとなたちがこれまでしてきたことに、取り返しなんかつくわけがない、と腹を立ててしまう。そして、途方に暮れる。

数年後の自分を想像《そうぞう》するだけで、気が滅入《めい》ってしょうがない。いまだって、こんな世の中で生きていることに意味なんかなくない？　って思ってしまうことがあるのにって。

しなかんは、だまりこんでしまったわたしを、じっと見つめている。げた箱から出した靴《くつ》を手にしたまま。

ルールをやぶって、部活の会議中じゃないのにムキになってしまったわたしがあやまるのを、まっているのだ。

「ごめん、つい」

素直《すなお》にわたしがあやまると、しなかんは、「じゃあさ」とくちびるの片方《かたほう》だけをつりあげて、悪い顔をしてみせた。

「ひとすべり、つきあって」

「いいけど、またどっかすりむくよ」

「いいのいいの、あしたいきなり黛生《たいせい》さんに会えるわけでもないし」

皆吉《みなよし》黛生に会う予定があったら、傷《きず》なんか作らないけどね、ということらしい。

わたしも、体を動かすのはきらいなほうじゃない。体に傷がついたって、こまりはしない。親も別に気にしないだろうし。

しなかんには、ちらっと話したことがある。うちの親は子どもに関心がうすいんだよねって。ゼロ秒くらいで、そんなわけないじゃーんといわれてしまったけれど。その反応《はんのう》が、わたしにはうれしかった。しなかんはそれでいい。そうでなくちゃ、と。

しなかんには理解《りかい》できなくてぜんぜんいいのだけど、うちの親が自分たちの子どもに関心がうすいのは本当のことだ。

愛情《あいじょう》がないわけではないのだと思う。ただ、両親ともに仕事が好きで、家の中のこと以上に、会社で起きるあれこれのほうにアドレナリンが出るタイプだというだけのことで。

わたしの成績《せいせき》がいいことよりも、部下があげた手柄《てがら》のほうをよろこぶし、母の日の花束では流さない涙《なみだ》も、長い時間をかけて形にしたプロジェクトの成功には流す。

それでいい、とわたしも思っている。だって、親として当たり前のことはなんでもしてくれているのだから。衣食住のすべてに、わたしは不満がない。日々《ひび》の暮《く》らしの中で、これがこまっている、ということがなにひとつない。背《せ》が高く手足も長い父親と、女優《じょゆう》になればよかったのにといわれつづけてきた母親の遺伝子《いでんし》のおかげで、容姿《ようし》も完璧《かんぺき》だ。

子どもへの関心がうすいなーと感じるくらいは、デメリットのうちにも入らない。だから、そこは本当に、わたしにとってはどうでもいいことなのだ。

唯一《ゆいいつ》、こういう家庭環境《かんきょう》がいまのわたしのような性格《せいかく》を作ったのかな、と考えるときだけ、うーん、となる。

しなかんみたいに、なりたかった。

無邪気《むじゃき》なんだけど、世の中のできごとに無関心なわけじゃない子。世の中やおとなたちのことをバランスよく観察できる目をもっていて、負の感情《かんじょう》にふりまわされたりもしない子。

つい、考えてしまう。しなかんのところみたいな家庭で育っていたら、わたしでもしなかんのようになれた？　って。

「やば、ルウ！　かくしておいた段《だん》ボールがない！」

しなかんがいきなり大きな声で叫《さけ》ぶものだから、思いっきり、びくーっとなってしまった。ただでさえ、立ち入り禁止《きんし》になっているうちのマンションの裏手《うらて》にある塀《へい》を乗りこえたところだったのだから。

うちのマンションは高台に建っていて、裏手は急な斜面《しゃめん》に面している。かなり急なので、コンクリートの塀を建てて立ち入りできないようにしてあるのだけど、わたしとしなかんは、夕方の人通りが少ない時間をねらって、芝生《しばふ》がはってあるこの斜面《しゃめん》をこっそりすべって遊んでいるのだった。

「あっ、あったあった！　ごめんルウ、かくした場所、まちがえて覚えてた」

先に塀《へい》のむこうに飛びおりていたしなかんが、どこからか畳《たた》んだ段《だん》ボールをふたつ、ずるずると引きずってきた。

段ボールをそり代わりに、しゃーっとすべって、芝生の切れ目――その下はかなりの高低差があるアスファルトの道路だ――からは飛びださないよう、ぴたっとかかとでブレーキをかける。これが、わたしたちがひとすべりと称《しょう》している遊びだ。

こんな小学生みたいな遊びは中学生になったら絶対《ぜったい》に卒業しようといっていたはずなのに、いまだにわたしたちは、ひとすべりするのをやめられていない。

だって、単純《たんじゅん》に楽しいから。

ときどき思う。どうしてこれだけじゃだめなんだろうって。単純に楽しいって思うことだけで毎日を満たして生きていければいいんじゃないの？　って。

それじゃだめだと思ってしまうのは、どうしてなんだろう……。

衝撃的《しょうげきてき》なことが判明《はんめい》した。

阿部先輩《あべせんぱい》がボランティア部を辞《や》めた理由は、〈家の事情《じじょう》〉じゃなかったのだ。

阿部先輩と同じ二年生たちが、部活終わりの雑談《ざつだん》の最中にぽろっとしゃべって、その場にいたわたしたち一年生にも、たったいまその真実が共有されたところだ。

理由は、三年生の石田《いしだ》先輩だった。部長のくせに、ボランティア部に入ったのは内申点《ないしんてん》がよくなると聞いたから、という典型的《てんけいてき》な〈腰《こし》かけ部員〉の。

中学のたった三年間だけ、部活と名のついたボランティア風の活動をして、高校に進学したら、きれいさっぱりはなれていく。福祉施設《ふくししせつ》への訪問《ほうもん》もしなくなる。そんな人たちを、わたしは心の中で〈腰かけ部員〉と呼《よ》んでいる。

そんな〈腰かけ部員〉の石田先輩に、阿部先輩は告白《こくはく》したらしい。結果、あっけなくふられてしまって、もうそんなに顔をあわせることもなくなっているというのに、気まずくなったのか部活を辞めた。そういうことだったらしい。

それを〈家の事情〉に置きかえたのは、ふられたことをかくしたかったからかもしれない、と先輩たちは声をひそめて話していた。

失望した。この言い方をいま使わなくていつ使う、という感じで失望した。

あの阿部先輩が石田先輩なんかを、ということにもがっかりしたけど、なにより、部活を辞《や》めた理由だ。失恋《しつれん》なんかで？　三年生なんて部活はもうすぐ引退《いんたい》だし、あと半年もすれば卒業して学校からもいなくなる。そんな人に失恋したからって、あんなにちゃんと活動していたボランティア部を辞めてしまえるなんて……。

はらわたが煮《に》えくりかえる、とよくいうけれど、怒《いか》りがマックスになると、本当に体の内側が煮えたぎったようになるものなんだな、と思った。

わたしはいま、はらわたというはらわたをぐっつぐつに煮えたぎらせている。このままでは、死んでしまうんじゃないかと思うほどに。

憤死《ふんし》。

怒《おこ》りすぎて命を落とすという死因《しいん》があるらしい。もしもいまわたしの心臓《しんぞう》が止まったとしたら、まちがいなく死因は阿部先輩《あべせんぱい》への怒りだ。怒りのあまりの憤死だ。

尊敬《そんけい》できる人だと思っていたのに。阿部先輩だけは、〈腰《こし》かけ部員〉なんかのように、中学の三年間だけで終わらせたりはしないと信じていたのに。高校生になっても大学生になっても社会人になっても、ずっと考えつづける人でいてくれる。そう信じていたのに。

部活を辞めてしまったのは、しょうがないと思っていた。だって、〈家の事情《じじょう》〉だ。それをいわれたら、だれもなにもいえなくなる。なのに、嘘《うそ》だった。失恋をかくすために利用しただけだった……。

「おーい、ルウ。帰るぞー」

阿部先輩《あべせんぱい》の真実を知っても、たいしてショックを受けたようでもないしなかんが、廊下《ろうか》からひょいと顔をのぞかせてわたしを呼《よ》んでいる。いまにも憤死《ふんし》しそうになっていた、わたしを。


「それではそろそろ、『ヤングタイマーズのお悩《なや》み相談室』のコーナーにいきたいと思います。今週は八十色《やそいろ》がメッセージを読ませていただきます。ラジオネーム・ぬりかべさん、中学一年生の生徒さんからのお悩みです。

【わたしの悩みで、もしかしたら気を悪くされる方もいるかもしれません。なので、先にあやまっておきます。ごめんなさい。

　わたしの悩みは、世の中の人たちはどうしてこんなにいい加減《かげん》で、ちゃんとしていないんだろうということです。地球の未来のためにしなくちゃいけないことはたくさんあるのに、いちいち文句《もんく》をいって実行しようとしません。

たとえば、飛行機での長距離移動《ちょうきょりいどう》です。温暖化《おんだんか》にどれだけ悪影響《あくえいきょう》をあたえているかということはすでに周知されているのに、いまだに自家用ジェットを所有している人たちが大勢《おおぜい》います。一国の大統領《だいとうりょう》でも首相でもない人たちなのに、です。

海外にいくなとはいいません。せめて飛行回数を減《へ》らせるように、少しでも多くの人たちと空の旅をシェアできる手段《しゅだん》をとってほしいだけです。どうしてそんなことすらできないのか、まったく理解《りかい》できません。

こんな具合に、わたしには腹《はら》が立ってしょうがないことがたくさんあります。身近で起きる些細《ささい》なできごとから、世界規模《きぼ》の大きなできごとまで。いろんなことに腹を立てています。

わたしの両親は、どちらかといえば先進的な考えの人たちですが、環境保護《かんきょうほご》のための運動などはいっさいしていません。心のどこかで、そんな両親を冷めた目で見ています。両親だけではありません。友人たちにも、同じような目をむけてしまうのです。

わたしの悩《なや》みは、日常《にちじょう》にしか興味《きょうみ》がなく、もっと大きな問題にむきあおうとしない人たちに腹を立てたり、軽蔑《けいべつ》したりしてしまうことです。

おとなになって世の中のことをもっとちゃんと知るようになれば、わたしはきっと、さらに腹《はら》を立てたり、軽蔑《けいべつ》したりするようになると思います。

いまからもう気が重いです。こんなわたしでも、しあわせになることはできると思いますか?】

そうですか……おそらくですけど、ぬりかべさんが腹を立てているおとなに、ぼくや皆吉《みなよし》さんもふくまれているんじゃないでしょうか」

「ヤングタイマーと呼《よ》ばれる車は、基本《きほん》、ガソリン車ですからね」

「いいわけをするわけではないんですけれど、ガソリン車に乗る代わりに、これはしようと決めていることがいくつかあって。ひとつあげるとすれば、大きな買いものをするときは、環境《かんきょう》に配慮《はいりょ》している企業《きぎょう》かどうかはかならず調べます。ぬりかべさんには、そんなのしていて当然のことだと思われてしまうかもしれませんけど」

「わたしたち――類《るい》くんはわたしよりだいぶ若《わか》いんで、ひとくくりにしたらかわいそうだけど、少なくとも、ぬりかべさんよりは世代がちょっと上でしょ? ですから、古い時代ではなんの問題もない、とされていたことがたくさんあるんですね。それを少しずつ、いまアップデートしている最中といいますか」

「ぬりかべさんたちにとっては最初から常識《じょうしき》だったことが、ぼくたちの子ども時代にはそうじゃなかった。ハンデがちょっとある」

「簡単《かんたん》にいうと、そうなりますよね。『こんな校則《こうそく》、まだあります』のコーナーでも、なんでそんな校則が？　って話によくなるじゃないですか。でも、当時はそれがおかしいと思われない時代だったんですよねって。同じように環境《かんきょう》問題も、十年前、二十年前、三十年前では、基準《きじゅん》がぜんぜんちがう」

「生まれた時代によって、これが当たり前ですよってされていたものがちがうということ」

「だから、わたしたちも親の世代に『えっ？』ってなることがたくさんあるわけです。奥《おく》さんが我慢《がまん》していれば家庭はうまくいくもんだといったり、長男だから家業を継《つ》ぐのは当たり前だといったり。『えっ？』ですよね。いまはちがいますでしょ？　そこからはじまっている人の常識と、そうじゃない人の常識とには最初からずれがある」

「だからといって、ずれたままでいいわけではない」

「もちろん！　いそがしい人同士《どうし》が、今度会いましょうってなったとき、日程《にってい》のすり合わせをするじゃないですか。おたがいに、いくつか候補《こうほ》の日を出しあって。そんなふうに、すり合わせはできますから。いくらでも」

「ぬりかべさんからすると、じれったいとは思いますけど」

「ハンデがないぶん、ぬりかべさんたちにしてみれば、まだそこなの？　ですもんね」

「そこはちょっとあたたかい目で見てもらって、候補日《こうほび》を出しあっていただければ」

「で、ぬりかべさんのお悩《なや》みは、いい加減《かげん》でちゃんとしていない人たちに腹《はら》が立ってしょうがない自分は、おとなになったらもっと腹を立てるだろうし、軽蔑《けいべつ》もするにちがいない。そんな自分でもしあわせになれるでしょうか、という内容《ないよう》でしたね」

「はい」

「類《るい》くんは、わりとそういう子だったんじゃないの？」

「わりとどころか、完全にそうです。いろんなことに腹が立ってしょうがない子でした。まあ、音楽やろうっていう人間は、多かれ少なかれそういう要素《ようそ》はあるんじゃないかと思いますけど」

「どうですか？　おとなになったいま」

「腹の立て方は変わった気がします。一線を引くようになったというか。自分にやれることとあるのこれ？　って考えて、あるならやる。なかったら、じゃあここまでってて一線を引いて、必要以上に考えない。仕事なり日々《ひび》の暮《く》らしなりに、身を入れる。そういう感じになりましたね」

「おとなだ」

「おとなですよ、めちゃくちゃ」

「楽になった？」

「なりましたね、すごく。おとなになってよかったって、しつこいくらい思ってます。たまにいますけどね、高校時代にもどりたいみたいな人も」

「もどりたい時代、ないなあ。わたしも断然《だんぜん》、おとなが楽しい」

「車も運転できるしね」

「それは大きい」

「まさか自分が、子どものころに憧《あこが》れてた車を所有できてるなんてっていまだに思いますもんね」

「類《るい》くんは、どの車のときにいちばん思った？」

「最初に乗ったピアッツァでも思いましたけど、意外に二台目のエクサだったかもキャノピー仕様の」

「日産エクサのキャノピー！」

「近所のお兄ちゃんが乗ってたんですよ、おれが子どものころ。あれって、リアのルーフ部分をはずせばライトトラック風になるじゃないですか」

「はずしたやつどこ置いとくんだっていうサイズのね」

「不思議でしょうがなかったんですよ。どう見ても同じ車なのに、ときどき形が変わる！　って。おとなになって、とりはずしできてたのかってわかって、しかも、縁《えん》あって状態《じょうたい》がいいのをゆずってもらって」

「おとなになってよかったーと」

「しみじみ思いました」

「ぬりかべさんのいうとおり、おとなになって社会に出ると、腹《はら》が立つことはふえるかもしれないけれど、その代わり、好きなことができるようになったり、好きなものを手に入れられるようになったりもする。デメリットだけではないですよ、ということですよね」

「それと、おとなになると単純《たんじゅん》に頭のサイズが大きくなるじゃないですか。それにともなって、ものを考えるための面積も広くなるんでしょうね、きっと。だから、心のどこかでは、腹が立ってしょうがない！　ってなっていても、それだけで頭の中がいっぱいになったりはしない。軽蔑《けいべつ》しかできない人としゃべっていても、きょうはどこに寄《よ》り道《みち》して帰ろうかなーって考えてわくわくしていられたりもする」

「面積が広いから！　考え放題だ」

「考え放題になってからは、自然となくなりましたね。腹《はら》が立ってなにも手につかない、みたいなことは。高校生くらいまではよくありましたけど。いまは、腹を立てながらも録画しておいた『おぎやはぎの愛車遍歴《へんれき》』を観《み》たりできるようになった」

「ぬりかべさんは、おとなになったらもっと腹を立てることがふえるだろうって予想していて、だから、自分はしあわせになれないかもしれないって心配されていますけれど、そんなことはないですよ、と」

「いまは、いやいやいやって感じだとは思いますけど」

「逆《ぎゃく》にぬりかべさんみたいに、いろんなことをちゃんと考えている生徒さんは、おとなになってからのほうが、あー、楽！　ってなる可能性《かのうせい》は高い気もします」

「たしかに。楽しみにしていてほしいくらいですよね、そのときを」

「あの俳優《はいゆう》とミュージシャンのいってたこと、ホントだったわ、あー、おとなって楽！　ってなるときを」

「はい」

流れてきたのは、聴《き》いたことのある英語の曲だった。わたしが聴いたときにも歌詞《かし》は英語だったけれど、歌っていたのは日本のアーティストだ。カバー曲だったらしい。検索《けんさく》してみたら、一九七三年の曲だった。イーグルスっていう野球のチームみたいな名前の、海外アーティストの。

YouTubeにあがっていた動画で曲を聴きなおしながら、歌詞も検索してみた。ならず者にむかって、だれかが語りかけている。おまえもそろそろ、ちゃんと生きてみたらどうなんだと。

いつまでそんなふうに、ならず者のままでいる気なんだ。

自分の世界にだけ目をむけるのをやめて、生きてみてもいいんじゃないか――。

最後の歌詞は、涙《なみだ》で読めなくなった。自分の生涯《しょうがい》を歌われているような気がしたからだ。

あんなに尊敬《そんけい》していた阿《あ》部《べ》先輩《せんぱい》のことも、あっさり軽蔑《けいべつ》してしまえる自分。

このまま十年、二十年、三十年と時間が流れていって、いまは当たり前なことが当たり前じゃなくなってからも、自分が当たり前だと思っていることだけが正しいと信じるおとなになったわたし。暮《く》らしているのは、ひとりきりの部屋だ。

そこにはだれもたずねてこない。ならず者のまま生きたわたしのそばには、しなかんだってもういない。

だれにでもすぐに腹《はら》を立てて、だれのことも簡単《かんたん》に軽蔑《けいべつ》する。そんな最低のならず者のまま生きてしまったわたしには、この歌のように、そろそろちゃんと自分の人生を生きてみたらどうだと、親身になってさとしてくれる友人すらいないのだ。

なにから変えればいいのだろう。透視《とうし》してしまった未来の自分にならないためには。

皆吉黛生《みなよしたいせい》がいっていたことを、思いだす。

今週じゃなく先週の放送で、彼《かれ》はこういっていた。

悩《なや》む気持ちには、星みっつも星ひとつもないですからね——。

そして、今週、わたしと似《に》たような悩みをもつラジオネーム・ぬりかべさんにも、皆吉黛生は、ぬりかべさんのためだけの話をしていた。

そんなこと悩まなくていいんですよ、とか、いまはただ青春を謳歌《おうか》すればいいんです、とか、いかにもおとながいいそうな耳ざわりのいいアドバイスなんかはいっさいしないで、自分の中にある答えだけを口にしていたように思う。八十色類《やそいろるい》も、そう。

皆吉黛生《みなよしたいせい》と八十色類《やそいろるい》は、毛深いことを悩《なや》んでいる女の子の悩みに答えていた先週とまったく同じ軽やかさと真剣《しんけん》さで、ぬりかべさんの悩みにもむきあっていた。悩む気持ちには星みっつも星ひとつもない。皆吉黛生は本気でそう思っている。おとなになって、あー、楽だ！　と思うようになるのを楽しみにしてほしい。八十色類も心からそういっている。

信じられる、とわたしは思った。あのふたりのいったことなら。

わたしはまず、阿部先輩《あべせんぱい》の悩みを馬鹿《ばか》にするのをやめる。好きな人にふられたら、それまで熱心に活動していた部活も辞《や》めたくなるくらい落ちこむ人もいるのだと、理解《りかい》するように努める。

自分はそうならないだろうけれど、なる人もいるのだと。

あれ？　と不意に思う。

これって……わたしがよくいっているあれと同じことなんじゃない？

『いまは多様性《たようせい》の時代なので』

部活内の会議で、しょっちゅう口にしているフレーズだ。

これこそ、なんじゃないの？

あー、とうなるような声が出た。

たったいま、理解《りかい》した。これだ。これだったんだ。

わかったつもりでいたけれど、本当はわかっていなかった。わかっていなかったから、阿部先輩《あべせんぱい》にあきれたりした。

失恋《しつれん》で部活を辞《や》める人もいれば、辞めない人もいる。どちらかしかいない、なんてことはありえない。ただそれだけのこと。どちらが正しいわけでもまちがっているわけでもない。

いろんな議題で、くりかえし口にしていたのに、なんにもわかっていなかった。

これだったんだ……。

イーグルスの『デスペラード』を聴《き》きながら、わたしはいま、はじめて理解しようとしている。

悩《なや》む気持ちには星みっつも星ひとつもないっていうあの言葉、ぐさりと胸《むね》にささったと思っていたあの言葉すら、本当にはわかっていなかったことを。

ちっちゃかった。

重いと思われるにちがいない、と思いこんでいたわたしの悩みは。

重いもなにもない。わたしはなにもわかっていなかった。わからないまま悩んでいた。

逆《ぎゃく》の意味で、しなかんに話さなくてよかった、と思う。

これから先、『デスペラード』を聴《き》くたびにわたしはきっと思いだす。

ふったらからかんと音が鳴りそうな自分の内側を、うっかりのぞいてしまったきょうという日を。


どんでん返し、という表現《ひょうげん》はこの場合、まったく適《てき》していないとは思うのだけど、阿部先輩《あべせんぱい》に関して、さらなる事実が明らかになった。

阿部先輩は、石田《いしだ》先輩に告白《こくはく》したのではなかった。抗議《こうぎ》をしにいったのだ。石田先輩を好きだったのは、別の二年生の先輩だった。

真相は、こうだ。思いが募《つの》った二年生の先輩が、告白しようと思って送ったメッセージを石田先輩が無視《むし》した。それを抗議しにいった阿部先輩に、なぜだか石田先輩が、ずっと好きだったといきなりの告白。思いがけない展開《てんかい》に、どうしていいかわからなくなった阿部先輩は、部活を辞《や》める以外に丸く収《おさ》まる方法はないと思いこんだ——。

で、結果的に阿部先輩は、ボランティア部にもどってきてくれた。おーちゃん先輩が説得《せっとく》してくれたのだ。石田先輩《いしだせんぱい》にはきっぱりとお断《ことわ》りをし、どさくさにまぎれて三度目の告白《こくはく》をしたおーちゃん先輩のことも、あらためてふったらしいけれど。

無責任《むせきにん》な人たちによる無責任なうわさによると、阿部《あべ》先輩は女の子が好きな人らしい。わたしはもう、その手のうわさにはふりまわされないぞと気を引きしめている。そもそも阿部先輩が本当に女の子を好きな人だったとして、だからなに？　だ。

部活帰りのいつもの下校ルートをぶらぶらとふたりで歩く途中《とちゅう》、

「あのさ、ルウ」

あからさまに、これから大事な話をします、みたいな空気を出しながら、しなかんが呼《よ》びかけてきた。

「うん？」

「ちょっと前に、黛生《たいせい》さんが結婚《けっこん》したらどうする？　ってきいてきたことあったじゃん」

「あったね」

「黛生さん、結婚してたことあるんだよ。離婚《りこん》して、独身《どくしん》になったの」

「ええっ？　そうなの？　そんな極秘情報《ごくひじょうほう》、なんでしなかんが知ってんの？」

「極秘情報でもなんでもないもん。インタビューとかでふつうに話してるし。『そういえばわたし、ちょっと前に結婚《けっこん》したんですけど、もう離婚《りこん》しちゃったんですよ』みたいな感じで。わたしたちが五年生のころに結婚して、六年生になったころに離婚したみたい」

「なにが原因《げんいん》で？」

「結婚相手の人が、女性《じょせい》も好きな人だったんだって。モデルさんなんだけど、公表もしてたから黛生《たいせい》さんもそのことは知ってて。それは承知《しょうち》の上で結婚したんだけど、やっぱり元カノといっしょに生きていきたいっていわれちゃったみたい」

「おお……意外な理由だ」

「だよね。わたしも当時は、なんかうまく理解《りかい》できなかった。小学生だったし」

「ショックだった？　皆吉《みなよし》が結婚したり、離婚したりしてたこと」

「それはそんなに。だって黛生さん、おとなだもん。結婚とかしてないほうがうれしいような気もしちゃうけど、おとなだもんなー、しょうがないよなーって納得《なっとく》できる気持ちはちゃんとある」

「そっか……っていうか、なんでいきなり皆吉の離婚歴《りこんれき》の話？」

「いやだからさ、そういう人もいるってことは知ってるよっていいたかったんだよ」

「うん……うん？」

「だから……」

めずらしく、しなかんが口ごもっている。それでぴんときた。なるほど、そういうことか……。

悩《なや》みはない、ただし、ないのは身体的な悩みだけ、という以上の情報《じょうほう》を漏《も》らさなかったわたしに、しなかんはしびれを切らしたのだ。それで、考えてみた。しなかんなりに考えてみた結果、どういうわけかわたしの悩みは、ジェンダーに関することだと思いこんだらしい。

阿部先輩《あべせんぱい》のうわさが影響《えいきょう》した可能性《かのうせい》もあるけれど、わたしの男子へのあたりが強いのを間近で見ていて、もしかして、と考えるようになったのかもしれない。

「しなかんはさ、わたしに告白《こくはく》されたらこまる？」

わざと、試《ため》すようなことをいってみた。

いまのしなかんにとって、これ以上にこまる質問《しつもん》はないはずだ。だって、しなかんはいま、わたしが女の子を好きな女の子だと思いこんでいる。

しなかんは、試されてるなんて疑《うたが》ってもいない様子で、きっぱりと答えた。

「まずは考える。わたしがルウを好きな気持ちも、ルウと同じ好きなのかどうか。考えてみたことなかったから、まずは考えないと。じゃないと、こまるかどうかもわかんない」

馬鹿《ばか》。完璧《かんぺき》すぎ、その答え。しなかんは最高だ。本当に最高。

「ごめん、意地悪いった。わたしはしなかんのことが死ぬほど好きで、世界中の人間がしなかんに置きかわればいいのにくらいは思ってるけど、しなかんと恋愛《れんあい》したいとか、家庭をもちたいとは思ってない」

「思ってないんだ」

「うん、思ってない」

「そっか。家庭はもってもいいかもって、ちらっと思ったのに」

「は？　家庭？」

「夫婦《ふうふ》じゃなくても家族みたいにずっといっしょに暮《く》らしたっていいわけだし。楽しそうじゃない？　おとなになってもいっしょにいられたら。同じ家に帰って、同じごはん食べて、同じテレビとか動画とか観《み》て、週末だっていっしょにいられるんだよ？夢《ゆめ》みたいじゃん、そんな生活」

「……ごめん。そこまで考えずに、しなかんとは家庭をもつ気はないっていっちゃった」

「まあ、いま考える必要はないよね。わたしたち、まだ中学生だし」

「だね」

しなかんのいうとおりだ。わたしたちはまだ中学生だから、高校生の自分にもなるし、大学生の自分にもなる。おとなの自分にだってなる。いま考えていることを、高校生になった自分が、まったく同じように考えているとはかぎらない。

皆吉黛生《みなよしたいせい》も、八十色類《やそいろるい》もいっていた。頭のサイズが大きくなって、面積が広くなったら考え放題だって。

いまですら、世の中をよくしたいと思うだけで胸《むね》がつぶれそうになっている。よくなるわけないじゃんって。このままおとなになったら、もっと苦しくなるにちがいない――ずっとそう思っていたけれど、そうじゃないのかもしれない。

サイズが大きくなって、面積が広くなって、考え放題になった頭。

その頭でなら、いまほど絶望《ぜつぼう》しないで、途方《とほう》に暮《く》れないで、世の中をよくする方法を考えつづけることはできるのかもしれない。適度《てきど》に怒《おこ》りつつ、でも、なにもあきらめないで、自分のなりたいおとなになれるのかもしれない。

「あれっ」

しなかんが、いきなり立ちどまった。

「またいた」

しなかんの顔は、車道をはさんだ対岸の歩道のほうにむいている。

対岸の歩道には、奥田聖《おくだひじり》の姿《すがた》があった。きょうもひとりだ。ゆっくりゆっくり歩いているのも、前回と同じ。そして、ときどき植えこみのむこうでしゃがみこんで、なにかをしている。

「やっぱ気になるし。ちょっといってくる」

あっ、と思ったときには、しなかんは信号のない横断《おうだん》歩道を横切りはじめていた。あわててあとを追う。

「あーっ」

「奥田くんだよね、ひさしぶり」

そう声をかけながら、しなかんは植えこみのむこうにまわりこんだ。とたんに、なにかにおどろいている声が、あたり一帯に響《ひび》きわたった。

「ちょっちょちょ、なに、どうしたの」

あたふたと、わたしも植えこみのむこうにまわりこむ。まわりこんですぐ、しなかんの興奮《こうふん》の理由を知った。あー……これは、と思う。「あーっ」ってなるわ、と。

おびえたように、しなかんとわたしを見上げている奥田聖の手もとには、口の開いた紙袋《かみぶくろ》があった。

中身は、ゴミ。コンビニのスイーツからはがしたビニールや、使《つか》い捨《す》てた割《わ》り箸《ばし》、くしゃっと丸めたレシートなんかが、ぱらぱらと入っている。そして、奥田聖《おくだひじり》の右手には、たったいま紙袋《かみぶくろ》に入れられようとしているペットボトルのキャップがあった。

奥田聖は、ゴミを拾いながら歩いていたのだ。

「ねえねえ、奥田くん。わたしたち、ボランティア部に入ってるんだけどさ」

くったくなく話しかけているしなかんが、これから奥田聖になにをいうのか、わたしにはもうわかっている。そこまでがセットで、わたしの愛するしなかんだ。

しなかんはきっと、奥田くんにこういう。

『今週の日曜日、部活動の一環《いっかん》で駅前清掃《せいそう》するんだけど、奥田くんも参加しない？』

石川宏千花

いしかわひろちか

東京都在住。『ユリエルとグレン』で第48回講談社児童文学新人賞佳作、第43回日本児童文学者協会新人賞。『拝啓パンクスノットデッドさま』(くもん出版)で第61回日本児童文学者協会賞受賞。著書に「死神うどんカフェ1号店」シリーズ、『メイド イン 十四歳』(以上、講談社)、『保健室には魔女が必要』(偕成社)、『見た目レンタルショップ　化けの皮』(小学館)、『G65』(さ・え・ら書房)など。

装画・挿絵

飯田研人

いいだけんと

イラストレーター。書籍の挿絵、装画、音楽作品のジャケットアートなどを手がける。装画を手がけた作品に、『小三治の落語』(広瀬和生 著／講談社)、『トーキョー・シンコペーション』(沼野雄司 著／音楽之友社)、『武士はつらいよ』(稲葉稔 作／KADOKAWA)などがある。

ヤングタイマーズのお悩《なや》み相談室

2024年7月29日　初版第1刷発行

作　石川宏千花

装画・挿絵　飯田研人

ブックデザイン　アルビレオ

発行人　泉田義則

発行所　株式会社くもん出版

〒141-8488 東京都品川区東五反田2-10-2 東五反田スクエア11F

電話 03-6836-0301（代表）

03-6836-0317（編集）

03-6836-0305（営業）

ホームページアドレス https://www.kumonshuppan.com/

印刷　三美印刷株式会社

NDC913・くもん出版・200p・20cm・2024年・ISBN978-4-7743-3793-7

CD34667

創作児童文学

手で見るぼくの世界は

樫崎茜　画・酒井以

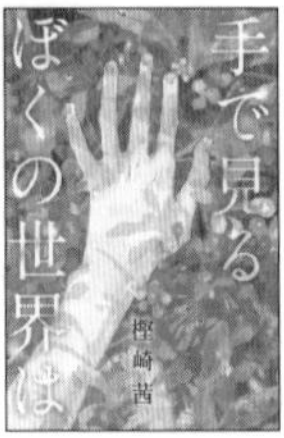

視覚支援学校に通う佑は、春から中学一年生。新生活がはじまったが、佑の気もちは晴れない。小学部からの友人・双葉が、ある事件をきっかけに学校に来られなくなってしまったからだ……。ふたりの主人公が、ふたたび世界に踏みだすまでを描いた物語。

杉森くんを殺すには

長谷川まりる　画・おさつ

高校一年生のヒロは、一大決心をして兄のミトさんに電話をかけた。ヒロは友人の杉森くんを殺すことにしたのだ。そんなヒロにミトさんは、二つの助言をするのだが……。傷ついた心を、取りもどす物語。